竹弥山川

黄爱和 著

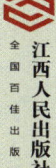

江西人民出版社

全国百佳出版社

图书在版编目（CIP）数据

行迹山川 / 黄爱和著 . -- 南昌 : 江西人民出版社，
2025.6. -- ISBN 978-7-210-16460-9

Ⅰ . I267

中国国家版本馆 CIP 数据核字第 2025AE6144 号

行 迹 山 川
XINGJI SHANCHUAN

黄爱和　著

策　　　划：黄心刚
责 任 编 辑：王亚贞
封 面 设 计：上尚设计
版 式 设 计：同异文化传媒

江西人民出版社 Jiangxi People's Publishing House 全国百佳出版社 出版发行

地　　　址：江西省南昌市三经路 47 号附 1 号（邮编：330006）
网　　　址：www.jxpph.com
电 子 信 箱：jxpph@tom.com
编辑部电话：0791-86896797
发行部电话：0791-86898815
承 印　　厂：江西新华九江印刷有限公司
经　　　销：各地新华书店

开　　　本：889 毫米 × 1194 毫米　1/32
印　　　张：8.125
字　　　数：168 千字
版　　　次：2025 年 6 月第 1 版
印　　　次：2025 年 6 月第 1 次印刷
书　　　号：ISBN 978-7-210-16460-9
定　　　价：60.00 元
赣版权登字 -01-2025-259

听雨，从半山开始

陈政

　　爱和先生要出新书了，嘱我写些文字，以壮该书行色。

　　所谓"壮行色"，"行"，是指行旅出发时的情状和气场。"色"，中国古人用以配合五行金木水火土的五种颜色：黑赤青白黄。

　　我认识黄爱和先生，是从他第一本散文集《半山听雨》开始，故以下文字，也从"半山听雨"开始。

一

　　《半山听雨》是一本充满诗意与哲思的散文集，它以作者对故乡山水的回顾和对人生志趣的思考为主要内容。语言凝练而富有情感，意趣生动且从容典雅，体现了爱和先生对自然和传统文化的深切感悟。

　　《半山听雨》被一些评论家和读者誉为零度写作的散文典范，它不仅是作者退居山林后对故乡山水的回顾，也是对艺术生活和人生感悟的深刻表达。书中倡导的是一种在人文圣山中的禅意栖居，意旨让读者在浮躁生活后好不容易挤出来的闲暇，能领略到山野间飘来的缕缕清风。

据我所知，《半山听雨》一书，还荣获过第三十届"东丽杯"孙犁散文评选（散文集类）优秀作品奖。

此书的理念，关键在于与我目前在推的"优雅旅居"的观念比较"同频"，故非常乐意写下这些文字。

二

凡人，无可避免地要与世界相遇。

面对复杂多变的世界，我们必须学会坦然应对。简单地以"自闭"的借口或以"社恐"的名义，是无法躲得过去的。

我们中国智慧的先人们，其实早就告诉我们，应该如何面对这个世界，要如何与世界打交道。

儒家告诉我们，人与人之间，怎样相处才相互舒服；道家告诉我们，人与自然之间，如何相处才彼此和谐；佛家告诉我们，人应该如何与自己打交道。

换句话说，人作为高等级动物，必须更真实地了解这个世界，更深刻地把握这个世界。

在半山听雨，"起点"和"目的"非常得体。我们中国人凡事忌"满"，"满招损、谦受益"是也。半，有，又离满有些距离，恰恰好。

"听雨"，其实是与世界相遇的方式。暴雨和特大暴雨除外，一般的雨，便多是和风细雨了，是可以当作艺术品去欣赏的。

一个懂得"优雅旅居"的人，非常喜欢将自然现象和社会现象迅速提炼出繁杂的意象或升级为象征物，这就要求作者本人能够将语言运用得如同解牛的庖丁。

黄爱和先生做得比较好的一点是：他能将写作"重新回到事物本身"。

有如我们欣赏小林一茶的俳句：

河水悠悠 / 上有浮枝 / 枝上虫鸣。

三

听雨，在半山。

半山听雨，品的是一种静，感受的是静谧之中那清欢的余音，在山谷回荡，在耳边缭绕，刹那间，你会忘却俗世的烦恼喧嚣。故而，半山听雨，是一种体验，是一种享受，也是一份悠然自得的心情，更是发自内心深处对世界的渴望和敬畏。

这份心境，最容易将人带入"诗意栖居"的意象中。

半山之中，雨声潺潺，如诗如歌，诉说着岁月的静好。黄爱和先生的《半山听雨》，便是这样一部让人心灵得以栖息的佳作。在这片静谧的山林里，作者以笔为舟，以心为帆，引领我们穿梭于自然与人文的和谐之中。

听雨，是一种心境，更是一种生活的态度。在黄先生的笔下，雨不再是简单的自然现象，而是连接天地、沟通心灵的媒介。每一滴雨珠，似乎都承载着作者对故乡的眷恋、对人生的感悟以及对美好的无限向往。

《半山听雨》不仅是对自然美景的描绘，更是对内心世界的深刻挖掘。在这里，我们能够感受到作者对传统文化的坚守，对生活细节的珍视，以及对和谐生活的不懈追求。这是一部充满温情与智慧的作品，它让我们在忙碌的生活中，找到了一片属于自己的宁静天地。

愿每一位读者，都能在黄爱和先生的文字中，找到那份属于自己的平和与宁静，如同在半山听雨，让心灵得到一次彻底的洗涤与升华。

《行迹山川》，我以为是《半山听雨》面世后，黄爱和先生散文创作的第三级台阶（中间那本叫《晤雪江州》），相信我们读后，一定会有更多"鹤追夕阳沉甸甸，心随云彩轻飘飘"的感受。

四

从《半山听雨》到《晤雪江州》再到《行迹山川》，我们可以看到黄爱和先生明澈而执着的心路历程，这种心路历程如果用一句话来概括的话，那就是——

诗与诗人的相互寻找。

是的，我们这个世界，充满了形形色色的"相互寻找"：失散的亲人、好学生与好老师、男人于女人抑或女人于男人……

找到了，就相得益彰，就日月同辉，就排山倒海，就地老天荒。

如桃花源找到了陶渊明，如李白找到了屏风叠，如白居易找到了北香炉峰。

《行迹山川》的即将问世，让我想起了著名的俄语诗人约瑟夫·布罗茨基（1940—1996），布罗茨基从小就在"寒冷"中长大，一边打工一边大量阅读，二十多岁（1962年）才开始"用自己的声音说话"（他这一年写出长诗《黑马》）。

黄爱和先生自由且酷爱美的那颗心，让他的人生大半，过成了一个真正诗人所需要的年年月月，浓缩成且多与田园山川为伴，与煎茶治砚为日常的一天又一天。

这些日常，经过手与心的研磨，慢慢地养成了一粒种子，一粒有自身意义与姿态的语言的种子，生根、开花、结果，不经意间回眸，它就是自己漫漫人生旅途中的又一道美丽风景。

如《半山听雨》，如《晤雪江州》，如《行迹山川》。

（陈政先生系著名作家、文化学者）

作者书法

目录

庐山上有很多这样自由随性的小院子，院子的朝向可东南西北，院子的大小可自由随意，不一定是你规划设计的样子，却个个天然自成，个性张扬。或长松抱朴，枫叶飘丹；或奇石突兀，野花杂卉；或小桥流水，竹林依依。早晨的阳光灿烂，花香四季；面阴的清凉致爽，绿荫如蔽。

作者与陈政先生在庐山小院

行迹山川

昨天一众朋友在庐山植物园品茶，我却对茶室里堆砌的书籍更生兴致。其中一套臧穆先生的《山川纪行：臧穆野外日记》让我流连，上中下三大册，厚厚沉沉的，准确地说，是从臧穆先生逾百万字的科学考察随身笔记中优选出的影印原件，洋洋洒洒，依然五十多万言。让我惊奇的是，科学考察的笔记如此精到、详尽、清晰、图文并茂、诗文共生。笔记中的字体规范清整，画面净美雅洁，色彩缤纷多姿，还未来得及细读，便被深深地吸引，原来科学家随手涂鸦的手绘图，都如此精妙绝伦。科学家的精神让人感动，更让人沉思。

同时也给自己打开了一扇全新的窗，对以前少有窥探的科学家内心世界有了全新的认识，细究之后发现，原来与我们普通人没有两样，吃饭穿衣，花前月下，家国情怀，个人爱好，诗书画印，传统文化，样样深入，今天就顺着这个思路，对臧穆先生稍作了解。

臧穆（1930—2011），山东烟台人，晚号穆翁，毕业于东吴大学生物系，是享有国际盛誉的真菌学家。今天偶遇的这本书是一部臧穆先生于 1975 年至 2000 年间在我国喜马拉雅地区的野外科考日记集。内容涵盖植物、生态、地理、民俗、文化、历史等多个方面的一手资料。所记所绘，既有野外科考的艰难险遇，奇异绰约的高山嘉卉，大山大水的壮美风光，又有西南少数民族的奇俗淳风，文化历史的珍贵采撷，更有一位心怀家国的科学家的现实关怀与独立思考。这是一部经典的手绘版日记体博物学著作，堪称"当代《徐霞客游记》"。自二十世纪七十年代初开始，臧穆就带领研究团队，对我国西南各地包括青藏高原的真菌、地衣和苔藓进行了广泛的野外考察和采集，收集了大量一手资料和标本。

先看看臧先生几则手记中的文字。

水流湍急，两岸直壁矗立，铁杉、松树和槭树、椎树杂之。河面约 25 米阔度，水冲岩面，流浅岩底。林中本无路，过后仰观来径，有如天都峰之梯路远景，恰似一幅险境图画。山木纵横，古木成堆，尤显古意压境。

一天时晴时雨，衣衫外雨内汗，加以左足趾炎，虽一步一跌，但见此伟观山川，痛苦尽减。

1982 年十月中旬在丽江，臧先生"随车谒龙泉寺，见 500 年前栽种的山茶花。凌架而起，顺势而围，杆基约 45 厘米，花蕾初孕"，还观察到"门前有联云：诗蕴玉泉水，春醅万朵茶"，因而判断"可见每春二月，花红如海，斯为胜地"，并以繁杂的笔法在文字旁画下了龙泉寺美景。凭着丰富扎实的植物学知识基础，坚韧严谨的治学态度，字里行间流露的是对大自然的诵读，对生命活力的歌唱。

读着这样的科学笔记，多少会让我遥想到当年徐霞客写游记时的情景，尽管书写的是游历山川，我读到的却是文学小品，山川形胜，风土人情，所历经过及深情感怀。臧先生此卷依然当作小品文章来读，而且手绘插图生动有趣，尤其是手写体笔记精如书法，更觉生趣自然，读之有如欣赏书画作品，又仿佛电影镜头，引人入胜。臧先生平时兴趣广泛，对书法、绘画、集邮、京剧、收藏等均长久钻研，有些甚至颇有造诣。他一生采集真菌标本一万三千八百余号、苔藓标本二万四千五百余号、地衣标本一千二百余号。

说到真菌、地衣与苔藓，对于从小生长在南方的人而言并不陌生。一场春雨过后，丛林之处，各色各样的蘑菇争相竞出，吸引着来往的路人。路人采蘑菇的兴致倍增，按照大人们的言传身教一步一趋，谨慎小心，对陌生蘑菇则敬而远之，因为大人们的一再嘱咐，就像悬在头顶的达摩克利斯之剑。结论是，越是漂亮迷人的蘑菇，越有可能是美女蛇，具有强大的欺骗性。这一结论至今有效，同样适应人生不同场合。

现如今，手机、电脑风行，竟让作家诗人们放弃了笔墨，虽日书万字而不着一纸，虽笔走千山而不染一墨。今读此书尤觉难能可贵。

庐山小院

今年的庐山总算迎来了一波人气潮。这是继六月份免费开放景区后，经过短暂歇息后迎来新的人潮，鉴于往年的经验，规定七、八两月未办理通行证的车子一律不能上山，山上堵车塞车现象顿时解除，但也带来诸多不便，原计划好的租房也因生活用具不能及时运抵而只好作罢。但近日的热浪却一浪高过一浪，气温直逼三十八九度，直羡慕山上频频发送微信与短视频的朋友们，趁着周末的临近，宝哥夫妇邀上杨哥、二师兄、及谭与我等诸友，坐上缆车，摇摇晃晃上山来了。

陈姐早早打扫好房间和她那背山面湖的小院子。每次上山，首选之地就是这个得天独厚又精心别致的小院子。两张简易的小圆桌往院中一摆，几张塑料绳编的藤椅自由围着，几棵又高又壮且独立的大树遮盖着朝西的太阳光线，留有一地的浓荫与翠绿，漏出的空隙留给观湖与窥月。清风从四野徐来，带着山间的雾岚与湖面的水意，清凉致爽，这时，茶壶注水，主客引杯，背山面湖，其喜洋洋者矣。

庐山上有很多这样自由随性的小院子，院子的朝向可东南西北，院子的大小可自由随意，不一定是你规划设计的样子，却个个天然自成，个性张扬。或长松抱朴，枫叶飘丹；或奇石突兀，野花杂卉；或小桥流水，竹林依依。早晨的阳光灿烂，花香四季；面阴的清凉致爽，绿荫如蔽。陈姐的小院采众家之长，驻在如琴湖公园门口的平台之上，曲折的石阶左突右出，石砌的围墙若断若续，断处又木栅竹栏，独露一缕春光，青藤上的瓜果碧绿碧绿，丝瓜黄瓜豆角，辣椒茄子西红柿，总有一款是你喜欢的。平台上没有硬化场地，便铺展些草色布垫，有桌椅茶台安置其间，屋檐下，一溜烟的兰花青葱古雅，木制的栅栏门或关或开，或半掩虚隔，一面五星红旗正好从屋檐下伸出，高高挺立，无风也自飘。

记得去年陪武汉的两位朋友入住，坐在小院里，不住地感慨院子的优雅与主人的勤勉。日武说，什么时候我们能有这样一个小院就好，到时候我们几家一起，结伴养老。余哥说，庐山确实是个好地方，我也想着要有这样一个小院子。我笑着说，现在的小院不就是我们的吗？一句话说得大家都笑了。我接着说，拥有当下是最重要的，其他都不重要，离开了当下，其实什么也不是。接着大家又聊起了庐山上的老别墅来，当年那么多拥有别墅与院子的主人都到哪儿去了呢？于是大家都不作声，陷入了少有的沉默之中。

第二天一早，阳光穿过林隙，直直地将阳光铺展到山间小径、林中空地、檐下院落及湖面清波之上，一根根光柱，大小不一又整齐划一，五颜六色，像万花筒一样，变换着山中景物。绕着湖畔漫步，迎面的是清风徐来，触目的是水波不兴，耳闻的有溪流潺潺，鸟鸣嘉树，人声细语。绕行还未及一周，湖畔便多了不少游人，或三五成群，或携家带口，不少年轻人正在现场直播畅谈庐山曾经的历史、时下的美景及游客自由畅游的心声。等我回到小院，余哥已悠闲地坐在院中，欣赏着来来往往的路人。余哥说，早上绕湖散步真的很舒服。很显然，余哥是在我前面绕湖一周回来了。看着檐下青葱欲滴的兰花，余哥似乎有些感动，他说，庐山的兰花这么美这么香，一会儿要多拍一些照片，带回去留念，他在黄州的院子里也种了不少兰花。我说，余哥是不是想家了？想家的话下次可以把嫂子和其他家人带过来一起住。余哥一再说，"谢谢，有机会的话，一定带家人来，还住这个小院。"余哥离开时，陈姐特意送了一盆自己培育的兰花给他，并嘱咐他，兰花性温喜阴，愿它的陪伴能让你时时想起庐山的小院。

两年前我独住斗米洼，木屋前就是一个由石块垒砌而成的小院落，左边是一片修篁翠竹，夜月临窗，泻一地积水藻荇在院；右边是一片开阔地带，是村民的菜地与茶园，放眼望去，长冲河在山谷中若隐若现，鹰鹭峰在云端处远接云天。在院中的石凳之上，我一坐就是半天，清茶数盏桑麻事，浊酒一壶送流年。距之不远的云醉山房仿佛就在楼上，一个由猕猴桃架搭起的院落有树有竹，有花有草，长长的木质平台上摆放着一应茶器，几碟瓜果，常有客人坐在院中架下，或抚琴弄月，或诗酒华年。最为有趣的是天空中不断飘拂过的云霓，在蔚蓝蔚蓝的底色下，是那样轻柔无限，干净透亮，取名"云醉"的山房实在让人陶醉。说到庐山上的云，摄影师最有兴致，他们镜头下的瀑布云奇幻无比，气势磅礴。不少诗人作家更是不吝笔墨，大加赞许。清代诗人舒白香来庐山小住三个月，著了一本叫《游山日记》的书，其中对庐山云的描述极为细致：

> 我乘云而冉冉，仙步虚而迟迟。恒相视而莫逆，每裁云而和诗。更有赤脚天眼，纯真导师，皆觑我而旁笑，为驱云而不辞。云乃仙之密友，仙谓我为云痴。欲绝粒而餐云，欲幪被而眠云。欲编竹而巢云，欲倚瑟而看云。欲扫迹以栖云，欲禁寒以衣云。欲负耒以犁云，欲种玉以生云。欲为山以兴云，倘作霖以济物，则幡然吾亦行云。

后来干脆为自己取名"云痴"。云醉山房的小燕子和她的姐妹们常穿着粗襟布履，穿行于山水之间，不时箫管笛风，与山间的雾岚，天上白云一道，出入无度，仙意飘飘。

桃源居的院落则是临崖搭建的木台，几棵老香樟枝丫其间，崖下是淙淙溪流，终年不辍。台前是简易的木制茶几和茶凳，几个茶客围坐其间。一把铁制的水壶冒着热气，人称"铁壶王"的二师兄侍弄这些茶器时驾轻就熟。无论是红茶绿茶白茶，一旦聊起茶来，总有说不完的话题。我问以铁壶铸造的工艺特点时，他会如数家珍，介绍失蜡法与铸蜡法的异同。聊着聊着，栏杆上的太阳能灯光不知从什么时候开始又在闪烁，虫鸣四起，夜云四合。

　　庐山上的小院千姿百态，随形赋彩，融入大山之中，无边无界，与周遭环境共生共存，有人说，整个天地，都是她的院落，一草一木，都是她的星空。白居易却说，眼前无长物，窗下有清风。

　　　　　　　　　　　　二〇二二年六月廿二日夜于庐山小院

至今犹听宋雨声

城东的爱莲池年年长满一池清荷。从宋朝的某个冬季掘池种荷以来，荷花就年年开放，开了谢，谢了又开，荷叶是青了枯，枯了又青。一年年来，又一年年去，无论是天青还是雨，雨等天青荷等雨，池等我来我等你。仿佛生命早就从那个冬天开始，有了某种约定，直到时间的长河长满青荷，青青的荷叶又开满荷花结出莲子。还是那个夏夜，萤虫飞舞，蛙声鸣彻，我在池边周旋，看一池的青荷随风起舞，散出阵阵清气，在月影下摇曳，在微风中絮语。于是，我才想起我来了很久很久，等雨来，等你来。等雨来听雨，等你来听你，一场场的等待总是在脑海中数落，从宋到元，到明清民国，直到而今，听古圣先贤的谆谆善言。千百年来，人们一直在传唱，在诵读，在私语——

予独爱莲之出淤泥而不染，濯清涟而不妖，中通外直，不蔓不枝，香远益清，亭亭净植，可远观而不可亵玩焉。

这些文字似乎早已被眼前的这片青荷所熟悉，有了这些文字在她们面前的意动，她们似乎也变得乖巧起来，谦恭起来，内涵起来，像一群训练有素的孩子，总是充满稚气，又像是一群内涵丰盈的女子，永远清新朝气。没有喧嚣，只有静谧；没有炫耀，只有灿放。从不计较出身高下，只有真心奉献，让最美的一面充分展现，让最秽的一处，独自默默承载。

每次我独自经过，总不由自主地驻足观望，长时间的对视与凝望，又总是令人遐思与神驰。

而今又是一个梅雨季节，雨水绵绵密密，淅淅沥沥，纷纷扬扬，从晚春的柳絮飞花一直飘摇到仲夏的荷叶团团，庐山上的大小溪流飞金溅玉，池涨河满，早已青青碧草的河堤上已然是水波荡漾，汪洋恣肆。梅雨季节的雨还在下着，不知疲倦，无休无止。一年一度的缠绵与热情，这个时间，这个地点，彻底打湿了庐山，也陶醉了庐山，宋人的诗词里又多了一重朦胧意象——

庐山烟雨浙江潮，未至千般恨不消。到得还来别无事，庐山烟雨浙江潮。

一个人的小院，石板地，水缸池，小小的荷叶柔柔的枝，梅雨细如丝，细雨绵如织，有时一阵促雨，玉鉴跳珠，直把个池中的小荷青叶弄得左摇右摆，上下翻飞，世界一下子激动起来，飞扬开来。梅雨庐山，除了雨，还是雨，天青只是雨水的短暂休整。天青过后还是雨，天青等雨我等你，北宋皇帝徽宗最爱的颜色也是一场雨——雨过天青色，用在最华美的陶瓷上，醉美了千年吧。

隔着烟雨迷蒙的梅雨天，读你的来信，隔着千年时空的文字，觉得每一个文字都是你，总是那么好看，好听，又好记。知道你在静修，调理身心，但还是忍不住想和你说说话，如果你已睡了，不便打扰，就算我自说自话，自言自语。假如你一早醒来，正好读到我写给你的文字，我对自己说的话，不管是交流，还是谈心，感觉这个世界里除了我还有你。

院内的一缸青荷渐渐长出叶子，这是我的小院第一次生长莲叶，还有莲花、莲蓬，我心喜悦。遥远的大宋为我送来一池青荷，一池纯美，一池高洁，也是一池偈语。这样的偈语，不用解释，不用翻译，不用臆测，更不用怀疑。她生长在池里，我生长在院里，还有一个人生长在梦里，正好，我们在同一个维度里相逢相知，相互依恋，心生欢喜。

一阵雨来，雨珠落在池里，跳跃的水珠滚落在莲叶上，滚来滚去，滑下去了，又有新的水珠上来，上来下去，下去又上来，总在不停地跳跃、舞动，雨不停，舞动与跳跃也就不停，这就是生机，是自然之力，是自由的世界。生命可以舞动，也可以静美，静美时看一池的清水，一池的莲，一池的禅意与诗境。

人的一生很长也很短，真正属于自己的并不多。只有当一个人独自静下心来，世界才开始向你靠近，小小的书斋一下子变得庞大而辽远，与天地万象似有了某种深远的联系。人很少有时间去好好思考，我们这一生究竟应该怎么度过，才不枉自一生，才不后悔此生，读书、学习、工作、生活，都是一种生存方式，最终的目的是成为最好的自己。为了这一点，无论我们付出多少，失去多少，每一个结果都是回报。我珍惜路遇的每一个人，每一场相遇，每一次相逢与相知，做自己想要的那个自己。

然后，时见虹霓着彩，时有蛙鸣驰声。

花径随想

立秋后多日，气温仍居高不下。女儿趁歇年假之隙，带上我的小孙子一起，再上庐山。从八里湖坐 57 路公交车上山，不过十几分钟的路程。这趟公交车上大多是在山上工作的本地人，操着九江口音，说着今年的气温怎样高过去年，当下的旅游业发展情况，以及高温下的庐山上各地游客纷至沓来，山上一房难求的盛况，言语间不无喜悦与满足。尽管车内空调的温度开得很低，仍挡不住热情的汗水。小孙子尤其高兴，刚过两岁的小男孩嘴巴呱唧个不停，一边唱着 ABCD 的字母歌，一边欣赏着车窗外的美景。他从小就喜欢汽车与挖掘机，每有新的发现，一定嘴巴不停地告诉你，塔吊、挖机、洒水车、警车，等等，这些都是他关心的大事。今天是他第二次坐缆车上山，对缆车悬空上下穿云过雾总是兴奋不已，这种穿越时空遥览星河的感觉是他从未有过的体验，那份毫不掩饰的兴奋让人真正明白"天真"二字的写意与传神，一会儿念着仅会的几句唐诗"白日依山尽，黄河入海流"，一会儿指着山下，"八里湖在哪儿？""九龙新城在哪儿？"问个不停，你根本搭理不过来，连拍张照片都找不出空档。我在索道口等到他们的一瞬间，小家伙就像小鸟掠水般张开双臂向我扑来，嘴里不停地告诉我缆车上的见闻。上一次就是在街心花园玩了足足一整天，这次我决定带他去花径走走。

尽管秋阳似火，穿行在庐山上的游步道上，浓荫若覆，清凉胜秋，加之拂面清风，满眼绿意，天朗气清，一切都是那样新鲜。小家伙依附在我肩上用小手抚着我的嘴唇不断地说着"胡子胡子"，然后突然向我耳语，他的名字叫"文松"。我不知是何意，也不知是谁告诉他的，他妈妈说没人教他，昨天就是这样告诉她的，我问他为什么要叫这个名字，他只是说，爷爷是大文松，我是小文松。听他这样一说，我们大家都哈哈大笑起来。小家伙却挣扎着要下地，要自己走。

沿着如琴湖的木栈道一直走，眼前就是花径大门口了。这是一块由巨型花岗岩雕刻的横匾，上书拙翁先生题写的两个魏体大字"花径"，门柱上的对联是：花开山寺，咏留诗人。这是自唐以来庐山上最为人熟知的第一胜境。

只要你愿意，带着你的子女或儿孙（这是一个时间概念上向后伸展的动作），沿这条幽僻的深径，你会发现，你在向前不断地上溯，与时间一起上溯，在你的前后左右，野花摇曳，清露滴桐，山石突兀，溪流湲湲，引来蝴蝶翻飞。你有了捕蝶在手的冲动，努力去追赶，它就在你前面不远，刚要靠近，它又纵身一飞，隐在路边的青石乱叶中等你去发现，只要你愿意，它比你更有耐心，更有活力，让你在追逐的过程中也在追逐着自己的梦与这片天地的曾经。你会看到，一千二百多年前的山林，山花烂漫，林壑优美，但人烟稀少。寺庙依然，大林寺，西林寺，仙人洞，龙首崖，一切都是那样原始与古朴，简约与茂密，荆榛与草虫，溪涧与暗流，朗月与清风，交替与叠加，在你面前不断出现。一阵雾霭烟岚飘过，一切又湮没在虚无与空幻之中。如果你愿意稍加驻足，或许能等来那个被贬江州的司马，他喜欢山水，他一定会来，他常常寄情于山水而忘返，筑巢于香炉而不归，这里是他的宿命。就在公元817年的暮春，白司马与一众好友从遗爱草堂出发，来到大林寺，此时山下桃花已谢，芳菲落尽，而此处正桃花灼灼，蜂飞蝶舞，令他兴奋不已。如果是这样的话，你就能幸运地见证名诗是怎样诞生的，甚至见证诗人吟诵原创时胡子是怎样在风中抖动的，嘴唇是怎样带着口水不断上下翕动的，激动的时候还会伴着汗水与泪水，同行的人都竖起耳朵听着诗人一字一句地吟唱，有的甚至张着大眼睛等待着下一句究竟是怎样的奇词妙章。于是一首传之久远的《大林寺桃花》就在一字一句带有浓重的洛阳口音中吐出，抑扬顿挫，掷地有声：

人间四月芳菲尽，山寺桃花始盛开。长恨春归无觅处，不知转入此中来。

从此，人随山转，山因名传，这个有了天使吻过的山间小径便更有人文情怀。继之又有不少的踏访者，沿着这条小径，或吟诗,或作文,或镌字,或举杯。清朝人查慎行来过,曾在《游记》中写道,上大林寺,乐天先生曾游此见桃花,今犹称白司马花径;清朝人潘耒来过:"昔白乐天夏月游此,见山桃盛开,作诗叹异。余来亦当初夏,有山牡丹数十树,作花,烂如云锦"。一年年的风沙淹没了古道,一丛丛的荆莽遮盖了旧痕。曾经在历史的风烟中时隐时现,等到公元1929年,同样是个暮春,一位白须飘飘的老者悠闲地踏过此径,在大林寺前荒圃中无意间发现"花径"二字的石刻,一下子引起他的警觉,以他厚实的学养与对白司马的深情,知道这就是当年吟咏桃花处,甚至非常肯定此书就是白司马的手笔。他激动得手足无措,胡子乱颤,真是踏破铁鞋无觅处,得来全不费工夫。于是老人上下奔走,发动更多人在此广种桃树,立门建亭,他要亲眼看一看这里桃花盛放,山花烂漫的春天究竟是怎样一个摄心夺魄的世界。又是一个春天,门已立好,亭已建好,山花正盛,朗月清风,老人特意邀请德高望重的散原先生同来见证,为新亭命名并为之作记,取名"景白亭"。这是集体的智慧与后人的共仰,老人似乎找到了生命存在的价值,整日流连风景,筑庐伴居,替山水作传,替文化作证,庐山上存有大量老人的书法手迹石刻,与名胜共存。

沿着这条花径左伸右折,有草庐三间,清流一泓,其间竹林依依,池壑幽深。池中荷花无数,游鱼若干,云霓映日,几可见底。"待余异日,弟妹婚嫁毕,司马岁秩满,出处行止,可以自遂，则必左手引妻子，右手抱琴书，终老于斯。"当我携家带口重来此地时，你已立成一道石像，等我千年。抚过你衣皱中的重重叠折，你把所有的心事融入大山之中，融入你觅下的春归处，我是你一千二百多年后一个拥抱琴书的人，守护在你留下的春天里，查慎行、潘耒、李拙翁都是这方天地的守护者、传承者。我们排成长队立在你的左右，黑白成你雕塑的样子，这一切被山鸟识破，山月记下。

一蝉鸣夏影消魂，肯把秋光识故门。最是拙翁风月甚，独留花径对黄昏。

此后每次游经是处，我总要驻足流连。要么只身独影徘徊在花前月夜，要么携家带口流连于古道茅前，或因门匾书法气势恢宏，昭然天下；或因桃花诗盛，不失为一道寻觅白司马留下的春天的幽僻独径、别有洞天；更或是一道通往人文圣山的彩虹天桥。只要你愿意，湖面的波光、山间的清风、流动的云岚都是历史时空中的风云际会与群星闪耀。石门上的对联早就昭示了前人的祝愿与祈语，以及后人的高仰与浪漫。

二〇二二年七月十五日

一池清泉

持续的晴热高温让我内心想寻一处山间清池的渴念愈加强烈。那天傍晚时分，"鬼子"在漂流终点附近泡澡上岸，让我心里痒痒，加之"鬼子"不断地"引诱"与鼓励，很想下水畅游一番，无奈没有任何准备，心里只说，我过两天再来。

第二天我约上亚平，一起寻水探源，跑了将近一个小时的车程，终于找到独属于我俩的一池清泉。

清泉在两峰夹谷之间，时见奇石怪木、茅草乱树相杂其间。浓密的树荫将一潭清泉遮掩得严严实实，纵偶然漏光，透在水上，亦是斑驳陆离，怪影相生。上有源头活水，时见淙淙，时或幽咽，汨汨之音不绝于耳；下有一川长流，滚滚向前。白浪处，翻石越涧，激起白雪千堆；舒展处，映天共日，徘徊一池凝碧。池水清澈见底，鱼游无数，皆若空游无所依。山花野果，点缀其岸；夏蝉秋虫，同奏其音。柳落千丝，钓一池月圆花好；石状百态，贯一潭云淡天高。好一个天然的沐浴场，又恰好让我们遇见，实在是天佑我也。亚平比我还兴奋，脱衣去鞋，纵身其中。我亦有一种"纵浪大化中，不喜亦不惧"的惬意。濯此清泉，有如跃入时间的长流之中，一下子让我们回到童年。仰息其间，清凉致爽，人与石与鱼，共生共处；沉浸其中，心与山与云，尘念俱灭。

我想起宋人朱元晦的旧句：

半亩方塘一鉴开，天光云影共徘徊。问渠那得清如许？为有源头活水来。

小时候读此诗觉得画面感十足，认为描摹家乡山水极为形象、传神，但诗的题目偏叫《观书有感》，不能理解。以说理为上的宋人诗章相较唐人而言少了情趣与气象，多了些说教与寓意。依我看，还不如当电影画面来看，眼前的这一幕不正是此诗所描绘的情境吗？

同样是写山水，柳宗元的《永州八记》具有更强的代入感，如《小石潭记》中的描绘更加真实而具体，透过文字间的画面，如在目前：

潭中鱼可百许头，皆若空游无所依。日光下澈，影布石上。怡然不动，俶尔远逝，往来翕忽，似与游者相乐……

这样的场景与画面亲切感人，这些深入人心的句子一经记下，便不可忘，每遇此境，必默然成诵，尤其文中"似与游者相乐"一句点睛，将万物齐观、人鱼一体，刻画得恰到好处。对应此时此刻的场景，更有一种什么也不愿去想，怎么也不愿意去动，一任仰卧水上，与鱼游同乐，物我两忘的境地。

说到洗澡，我想起苏东坡写的一首《如梦令》，词前有小序：

元丰七年十二月十八日，浴泗州雍熙塔下，戏作《如梦令》两阕。此曲本唐庄宗制，名《忆仙姿》，嫌其名不雅，故改为《如梦令》。庄宗作此词，卒章云："如梦如梦，和泪出门相送。"因取以为名云：

水垢何曾相受，细看两俱无有。寄语揩背人，尽日劳君挥肘。轻手，轻手，居士本来无垢。

词本简单，但联系苏居士的背景来，则此词另有意涵，尤其是他的一些政敌读了，能不对号入座，自惭形秽？我初读"居士本来无垢"时，就差点掩面笑出声来，东坡就是东坡，玩笑开得含蓄而隐晦，戏谑得近乎无奈与央求。

东坡还有一首同牌的洗澡词，读来亦觉有趣：

自净方能净彼，我自汗流呀气。寄语澡浴人，且共肉身游戏。但洗，但洗，俯为人间一切。

大意是，洗澡就是净身，只有自我净身了，才有资格与能力去净化他人，汗流了，气排了，寄语世间人，应该自由自在地游历红尘之中，体会人间乐趣，守住心中一寸灵光。洗吧，洗吧，不只为自己洗，更要洗尽人世间的一切苦难与污浊。

客观地说，凡人洗澡确只是洗净一身的疲乏与污垢，而修养高的人除自净之外，更要净他，净世间一切污浊与苦厄。

亚平不容我多想，便一个劲地呼我捉鱼，我只是说鱼儿这么小，捉来也没有用，再说小鱼儿本来就是来为我们按摩净身的，反要捕捉它，不合适吧。不等我说完，他又游到我的身边说，岸边有很多果子，不知是什么，于是摘来两个，抛向我。只听"咚"的一声，小果子沉入水中，很快又浮出水面，青黄相杂，状如杏粒。我捡起一看，不就是我们小时候常吃的野桃子吗？俗称"狗屎桃"，个小毛多，酸涩难嚼，今日吃来还似有当年的味道，一股酸甜劲儿促口水分泌，味蕾活跃。

此后一连多日午后，我总能找到理由来此一游，感觉鱼儿愈见多了、大了，是居士的去污滋养了鱼儿的繁育与生长，还是鱼儿发现了新大陆，呼朋引伴，共赴美宴。总之，鱼儿多了，岸上的青蛙也来观摩，浇水也不走，上前去捉，有的看得入迷了也忘记逃生，呆呆地束手就擒，有的趁我一不小心，又纵身一跃，跳入水中不见了。树上的知了也不甘寂寞，一个劲地唱起夏日的挽歌，声嘶力竭。只有白云，还是那么悠闲、自在、无拘无束，飘在半空，看大千世界，群生众相。

二〇二二年七月廿五日

我欲醉眠芳草

　　听说南昌郊外有个南矶山，风景不错，朋友向我力荐，说有机会的话一定要去看看。我点点头，却未置可否。朋友见我一脸狐疑，又说要不明天我们就去那儿看看吧，我也好久没去那儿了。我想了想，反正明天无事，去就去吧。

　　风和日丽的湖畔，湖岸线已至湖中央，芳草萋萋，绿草如茵，红色的"坦克"行驶在湖畔的公路上。这里早已是尘土飞扬，车来人往。只要你愿意，不用挪开眼睛，展现在你眼前的景色除了绿还是绿，简直是一片绿野，蔚为壮观。今年以来，百年少遇的干旱让偌大的鄱阳湖几乎全裸露在蔚蓝的天空下。湖潭一个接着一个地裸露出来，很多没有来得及退却的鱼儿虾儿，在泥泞不堪的浅水中挣扎，等待同类的救援，这种等待没有得到应有的回应，却给湖边的垂钓者、逡巡者以极好的机会，这些人以一种少有的兴奋与冲动，朝湖中扎去，浅水中的大鱼小虾以最后的挣扎做短暂抵抗，然后就是束手就擒，满身泥浆的潮人们早已分不出彼此的模样与性别，有的双手抱鱼与鱼齐观，有的携篮带桶在水中蜗行，飞在不远处的白鹤大雁时起时落，不时拍打着翅膀，摇曳着身子，这场景，我只在小时候遇见过。

那是村里的池塘干涸前的一幕。村民集体围困着将涸未涸的池塘，一边的抽水机隆隆作响，村里的大人小孩男男女女围绕在池塘四周，摩拳擦掌，跃跃欲试，只待有人带头第一个冲下，其他的人便会蜂拥而下，只是谁也不敢当这个出头鸟。小孩静看着大人将池中的大鱼一条条逮起，这个过程既揪心又过瘾，既迅快又漫长。眼看池水快要干尽，池中的大鱼悉数收起，个别的小鱼虾还有些在吐泡，便引来众人的争喧与抢夺，一场激战就这样开始了。同样的场景，同样的热烈，今年又在鄱阳湖湖汊中上演，这种热烈与喜悦却是百年难遇，一些满腹鱼子的超大鱼被人们逮着，抱着一起拍照，照片传到网上，迅速扩散，引来了更多的人。抓鱼的、贩鱼的、看热闹的、数不胜数。当地政府意识到了问题的严重性，于是组织公安与乡镇治安大队日夜守护，严禁捕鱼抓鱼，尤其对一些渔具渔网进行收缴，对不听劝阻者依法进行处罚。一时又风平浪静，但看热闹的不止，观赏鄱阳湖水岸风光的不止。我们带着午餐，带上帐篷，沿路一直狂奔。

越过蒋巷李巷，穿过长桥短桥，眼前的风景豁然开朗。也许是千百年的湖底泥肥土沃，也许是百年难遇的全面裸底而等来的一次机会，也不知道是谁衔来的草籽草苗，一眼望去，竟是一片沃野千里的大草原。在秋后阳光的照耀下，青葱碧绿，金风送爽，长长的草叶随风飘荡，一浪叠赶一浪，煞是好看。

古人创造的"绿浪"此时呈现，果然出神入化，妙不可言。

我们先是登上了水泥架构的观景台，有四五层楼的高度，上上下下的观景人络绎不绝，我则挤在人群中逐层登览。一层有一层的视野，一层有一层的风景，只有登上了最高层，向北遥望，才可以看到渺渺一线的白浪远远嵌在天际，也许那就是我的故乡。我用手机上的放大功能尽情望去，白鹤大雁、鹳雀天鹅，珍禽异鸟都在不远处相亲相近，时起时落。故乡不可见兮予怀渺渺，起落无定的飞鸟兮醉眼迷离。

观望台栏杆上的彩绘展板展示着湖中各式候鸟与草类品种，一一望去，如电影幻灯片，文字与图片一并，简洁且全面，让每一个旅人有了补课的机会。我们嫌熙来攘往的人太挤，还是寻一处僻地，静待一叶的花开。

当"坦克"在绿丛中奔驰，我能想象到的就是穿越。所有的时间与空间在此刻显然都是多余的，穿行在绿色的莽原之上，很难分得清风景的异同，只能寻找干净且幽僻的去处。终于有一处绿洲让我们惊奇，绿洲上芳草齐腰，青葱一碧，越过水沟与田畦，大片的草有了倾覆的迹象，可能是之前有人在这里野营，留下一片片空地与草甸，但依然绿得生机，绿得发亮。我想起刘亮程面对一片生机勃勃的草丛时所说的话："枯萎多年的荒草终于等来一次生机。那种绿，是积攒了多少年的，一如我目光中的饥渴。我虽不能像一头牛一样扑过去，猛吃一顿，但我可以在绿草中睡一觉。和我喜爱的东西一起睡，做一个梦，也是满足。"

我们不约而同，相视一笑，算是对此地一致性的认可。于是，搬行李，架帐篷，整饬房前屋后的环境。当一切准备就绪，太阳已垂垂地透过帐篷的缝隙向我们窥视，水果、卤菜、饮料，还有久饮不厌的庐山云雾茶、精致的旅行茶杯早已摆上桌面，你一杯我一杯，静静地享受着绿茵为我们带来的全新节奏。如此"慢"不经心，看日影微曜，优游卒岁，可得永年？

终于还是有人来了，见我们的帐篷早已搭好，过来与我们交流几句，觉得不便打扰，便选在远处支起了他们的帐篷。既可遥望，又互不干涉，相比而邻，甚为惬意。

阳光直直地照在人的脸上有些发烫，也有些刺眼，不等收拾桌上未吃完的午餐就急急地钻进了帐篷，拉上帘子上的拉链——嗞，阳光挡在外面，轻软的垫子上我枕着旅行背包，久久不能入眠。挡在外面的还有和煦的风与绿野莽原，喧嚣与嘈杂，尘土与大小不同的脚步声。我有一种陶然如醉的愉悦。

说到愉悦，我想到了另一种情境下的感觉——醉眠芳草。一千年前的某个夜晚，趁着一弯新月，苏轼骑着他的玉骢，过酒家时又饮了几杯，有了几分醉意，过一溪桥时，解鞍曲肱，不觉枕着他的鞍座，沉沉地睡了过去。此时月色如水，溪流淙淙，乱山横翠，芳草萋萋，不知不觉，杜宇一声啼唱，醒来已是春晓。此情此境，后来被苏轼的一首词记下：

照野弥弥浅浪，横空暧暧微霄。障泥未解玉骢骄，我欲醉眠芳草。

可惜一溪风月，莫教踏碎琼瑶。解鞍欹枕绿杨桥，杜宇一声春晓。

以前读此词时没有什么感觉，有很多次想去亲身体验一下这种醉眠芳草的感觉，始终寻而不得。今天，躺卧在帐篷里似乎有了些朦胧的意识，或许是苏子当年醉眠芳草的感觉，所不同的是，一个在月夜，一个在午日；一个解鞍卧桥，眠在万山丛中，听杜宇啼唱，一个纵然躺在大湖芳草之上，却支个帐篷，将自己与大千世界隔成一道人为的屏障。也许这就是现代人与古人的相距，不仅是时间上的遥隔，更多的是心态与诗境的阻隔，细较起来，相差十万八千里路遥。

二〇二二年九月十五日

"玖居不舍"前的午后时光

　　这是个午后时光。与对面的青山相映的是,湖中波光粼粼,绿影倒映,风轻云淡,花树森然。木质的栏杆上错落地摆放着几盆花卉,有马兰、蒂亚、碧冬茄、天竺葵,满地的绣球花草青葱欲滴,含苞未放,殷红的杜鹃环湖绕道,摇曳生姿,一味地张扬着青春的活力。大概是用力太猛太久,有的花瓣已显出疲态,性急一点的花儿早已坠落石径,让路人忍踏落花来复去,不教污淖陷渠沟。

　　论律,按时令一般的规律,此时的杜鹃花也早就应该落了,只是山中的春色总要迟到,花事相对也要迟缓。山下的春色早已退尽,这儿的春天似乎才姗姗来迟,山下的春归无觅,这里仍一池春水,满地繁花。白居易说,长恨春归无觅处,不知转入此中来。此言不虚。

　　说到杜鹃花,我见过井冈山上的杜鹃红,也访过西泰山的杜鹃花,我以为,庐山上的杜鹃花别具一格,不同凡响:每年花事一开,红彤彤一大片,山道旁、悬崖边、临涧水、缀层云,或静若处子,偏安一隅,或动如狡兔,穿云破雾。不仅有艳若朝霞的红杜鹃,更有清雅如玉的白杜鹃,淡然如雾的紫杜鹃,有的细若轻烟，有的大如童掌，花瓣花叶常蕴云染雾，仿如林妹妹的含情目，泪光点点，娇喘微微。站在山下望山上，犹如半空缀锦，霞映澄塘，站在山上向下看，又犹波涛阵阵，风卷红旗。细品这样的花树花叶，怎不教人滋生怜爱。可陶夫子渊明先生却说，道狭草木长，夕露沾我衣。这是否多了些正襟，少了点风情呢。

除了山花外，山中茶叶的萌生也似乎要迟到个把月，故山下的茶农早就尝过了清明前后、谷雨前后的茶汤茶水，而山上的茶人却干瞪着眼，徒羡山下的青枝烂漫，茶气飘香。好在山人早就适应与习惯了时令的落差，故而心态也自适而悠然得多。他们是与山中游客形成对应的另类：白天躲在深山老林采撷青叶，夜晚则幽伏灶台，搓揉新茶。随着一捧捧青叶在手中扬起，落下，纷纷坠入早已备好的竹器木器上，待清芬四溢，茶气飘香时，抖落的还有一身的疲惫与风尘，夜已深了，鸡已初鸣。微月照寒窗。

几天前阳光异常好，各地的游人携家带口，纷至沓来，添满了所有的景区景点，包括这个如琴如幻的湖畔。可惜那番热闹的境况我没有赶上，不是赶不上，而是不想凑那个热闹。群里的朋友不断地发视频，晒图片，喧嚣、嘈杂、拥挤与热情一齐围绕，装点成那岑寂了多时的山村水寨，云雾花丛，那份盛况你完全可以想象。只是到了第三天，一阵突如其来的雨将热情的游人驱散，雨后的薄爽一下子又回到了眼前。世事纷纭，亦如眼前的景，时晴时雨浑难定，迷失楼台咫尺间。

　　不远的小隔间里有几个异样女子在品着清茗，倾过头去，还能看到她们举杯细饮的姿态，当然，我无心领略她们品茗的神情与笑态。

　　湖边开始有了路人的脚步，悠然而自在，我的思绪却飘忽不定，亦如眼前斑驳碎影下的阳光闪烁。记得你第一次入住这个叫云雾的院子时，面对湖面的波光与倒影，你是那样兴奋，自由的笑声仿佛与树中的鸟语同调，引得鸟鸣阵阵，花枝微颤。

　　这条湖径我不知走过多少遍，多少个来来去去，所有的足迹混杂在茫茫的人海之中，一起磨砺着路径的足影跫音。也许叠加在当年白司马的得得蹄印下，也许叠加在百年前散原老人的土布足音中。不管怎样，如琴的湖畔多流连一下总是好的。至于如琴湖的得名，有人解释为湖面形似提琴，有人于溪石上刻"可听"二字，寓意泉音如琴。如果我们都不用这么脚步匆匆，静心驻足，倾心感受一下大自然的山光云影，鸟语虫鸣，何愁不能感受大自然的物色与琴音。苏东坡说，唯江上之清风，山间之明月，耳得之而为声，目遇之而成色，取之无禁，用之不竭，是造物者之无尽藏也，而吾与子之所共适。话已经说得很明白，关键是，你要用心去感受。

　　时间不知过了多久，夕阳隐去，山月初来，眼有迷离，耳有仿佛。波光映着清月，闪着幽光，虫鸣四起，蛙声隐约。今日立夏，又一个春天过去了。

　　　　　　　　二〇二一年农历三月廿四日于"玖居不舍"民宿

林中空地，小木屋

这片天际被浓厚的树荫遮蔽，不知过了多久，天边的云霓开始出现水墨的晕痕，是谁挑着笔墨，在深远的天际勾勒出国画的线条与色块，夕阳无语，将落未落，将余晖残照涂染在云边裙际，绚烂至极。

每临傍晚，我会习惯性地倚坐在这翠竹重峦的平台上，一个并不算大但也不小的猕猴桃架子，支撑起整个平台的绿荫，几个稀疏的猕猴桃吊在半空，微风一动，悠悠晃荡，自然而阳光。一边是夏末秋初，烈日后的夕照，一边是远山长谷，山风吹过后的清凉，有时一阵云起，连云带雾，如万千波涛，滚滚而来，有时又似断还连，此起彼落，如梦如幻。阵阵山风引来习习清气与薄寒，是的，薄寒。

这个暑期，我上山希望寻一处可以独自读书、闲居、写作的地方，不料寻到这儿，一个不大不小的木屋刚好装下我的全部，一室一厅一厨一卫，宽阔的小平台正面对千竿翠竹，万棵茶树，纵可观一溪长流，飞花似雪，俯可览云飞雾卷，万千波涛。左倚绿荫翳翳的猕猴桃架，右展一字排开的焙茶制茶木屋，十五悠悠地立在一旁，让我有一种久违的感觉，仿佛寻到了自己某一段旧日时光。

每天一早，窗外的竹叶微语夹杂着鸟啼蝉唱，把我从梦中催醒，晨曦透过竹帘，又催我惺忪的眼。肩搭一块毛巾，手执洗漱用具，足跋一双拖鞋，穿行于猕猴桃架下，后山有一眼清泉构就的水池，可以濯缨濯足。

几把破旧的藤椅闲置在架子底下，什么样的闲人都可以随意坐坐。居高临下的态势，倚山面谷的清朗，更多的时候，我喜欢一个人静坐在这儿发呆，半旧的藤椅不时发出吱呀的清脆声，成为衬底音乐后的单管独奏。

十五是房东家的一条狗，已有三岁，正当年少，有人叫它中华田园犬，但它喜欢听着自己的名字"十五"。一身棕黄色的毛短而顺滑，油光闪亮，走起路来轻巧无声，主人走到哪儿它总是跟到哪儿，只要你一落座，它一定是静卧一旁。

十五很听话，却不轻易跟人亲近，除非它对你很熟了，它是那种慢热型、依恋型的，一旦熟悉了，它会把你奉为知己。没人的时候，它会对着一片树影云霓发呆，有时逗一只小虫或飞蛾也是半天，一阵山岚飘过，一阵树叶沙沙，都能引起它的兴致与关注，有时那细小的耳朵发出微微的震颤，其实是它内心非同一般的警觉，但并不唐突与夸张，外表仍一副漫不经心的样子。

更多的时候，我喜欢一个人一边煮水烹茶，一边持卷静读。

也许是需要补课，也许是兴趣使然，这段时间集中读些《庐山志》《庐山典籍录》《到庐山看老别墅》《万物有情》《瓦尔登湖》《散原精舍诗别集》《四时幽赏录》等，我以为民国时期吴宗慈编著的《庐山志》极具文学价值，完全可以当文学作品来读。

在天地之间，山水之间，持卷静读，仿佛独穿幽径，心连古人。1804年，清嘉庆年间的江西文人舒白香来庐山住了一百天，写了不少的诗文辞赋，其中《游山日记》颇为有名，周作人、林语堂都有石印本行世。当时的生活条件极为艰苦，庐山还处于棘榛遍地、虎出狼行的原始丛林，只几个寺庙、道观点缀其间。舒白香来此时，就住在寺庙中，与僧侣相伴，缺蔬少粮，但却矢不改志，津津乐道，对眼前的白云流水，鸟鸣虫唱乐此不疲。每天记述着生活中的点点滴滴。翻开他的《天池赋》，一股山泉，从卷中涌出，清流如注，远接先贤：

天池之山，介乎翼轸之间。月西坠而可扪，日东升而可攀。跨虹霓而为梁，倚阊阖而为关，摘星辰之的砾，弄银汉之潺湲，溯源泉于玉阙，布膏泽于尘寰……

读这样的文章，观如此的美景，怎不乐可忘忧，废寝忘食呢？其实很长的时间他是真没有吃的，且看看他的《游山日记》：

朝晴凉适，可着小棉。瓶中米尚支数日，而菜已竭，所谓馑也。西辅戏采南瓜叶及野苋，煮食甚甘，予乃饭两碗，且笑谓与南瓜相识半生矣，不知其叶中乃有至味。

冷，而竟日。晨餐时菜羹亦竭，唯食炒乌豆下饭，宗慧仍以汤匙进。问安用此，曰，勺豆入口逸于箸。予不禁喷饭而笑，谓此匙自赋形受役以来但知其才以不漏汁水为长耳，孰谓其遭际之穷至于如此。

宗慧试采荞麦叶煮作菜羹，竟可食，柔美过匏叶，但微苦耳。苟非入山既深，又断蔬经旬，岂能识此种风味。

你看，古人的清苦与幽默是这样从生活中来。只有到十九世纪末，庐山似乎迎来了新的契机，英国人李德立偶值至此，发现了发财的商机，便连哄带骗、欺上瞒下，将庐山的地块划分为若干区域，沿街叫卖，引来西人的关注，庐山便开启了规模开发的序幕。山中的宁静与清寒终被打破，时至今日，庐山便成为国内独一无二集 AAAAA 级景区与大面积人居并存的区域。我来寻山时，早已是人头攒动，热闹非凡了。

你的微信逐点而来，问我这一天下来的感受。我会慢慢告诉你这山中的一切，包括山风树影、白云卷地和无语的夕阳。那一抹静然不动的长云沾在天际，正好与我的小木屋构成上下对应。更为可爱的是，斜日已隐，余晖返照，给天边的长云染上了醉红与金黄，增加了空间的层次与时间的厚重。在时空的双重陪衬下，我的小木屋既渺小无助，也荒寒独立，大小之间，隔着千山万水，红黑相间，有如童话梦幻。及至夜云四合，群山、独屋与我浑然一片，蠢然不动，听山风过隙，看疏星如豆，念往的心绪难以抑制。

记得你第一次来时，也不断地夸我选择的地方不错，说喜欢这个临崖而立的小木屋和旁边竹影的依依相伴，比起舒白香的寺宇残垣，乍阴乍寒，不知要好到哪儿去了。还记得我第一次寄给你的明信片吗？那首歪歪扭扭的小诗时隐时现，那是我们第一次通信，也是我们曾经的约定：

这幅画

不知出自谁人之手

林中空地

小木屋

晚霞如雪

树冠如雪

宁静亦如雪

真想下一场大雪

掩去所有的足迹和自己

外面的风很大

朋友们可能不会来了

我倚在门外

等待你的归来

让我携着你的手

缓缓走进这幅渐渐明亮的画里吧

多少年过去，你时常为我念叨着的小木屋其实就在我们身边，她矗立斜阳，与云四合。坐在简单而小巧的小木屋前，读着刘亮程的散文《一片叶子下生活》，感觉生活原本简单，小小木屋就是这样的一片叶子。

如果我们要求不高，一片叶子下安置一生的日子。花粉佐餐，露水茶饮，左邻一只叫花姑娘的甲壳虫，右邻两只忙忙碌碌的褐黄蚂蚁……

那次你亲自下厨，做了几个平时喜欢的菜肴，和着夕阳晚照，景色如画，宁静似雪，仿佛一切都归于太素，你我对坐，以茶当酒，一杯一杯，聊了很久很久。

夕阳归寝，留一片空旷给黑暗，没有月亮的夜晚，星星点缀着夜空，立在小木屋前的平台上，"左邻一只叫花姑娘的甲壳虫，右邻两只忙忙碌碌的褐黄蚂蚁"，一星如豆，我与十五，依然仰望多时。

二〇二〇年七月初三日于斗米洼小屋

小满

沿信江河堤漫步，一定赶得上河中水流的速度。因为春河小满，两岸的青草已由芽展枝，由青变绿，河上的垂柳挂着柔软的枝柯，微风一动，仿如少女的纤腰，曼妙多姿，阳光穿透枝叶间的空隙，在平整的河堤上投下斑驳的碎影。我想起网络上那首传之又传的小诗：春水初生，春林初盛，春风十里不如你。

还在来的路上，就收到上饶朋友发来的短信：席订小满菜馆"惊蛰"包厢，我与韵雅恭迎您的光临！

菜馆在信州区的施家山，其貌不扬，只简单装饰着吊兰和藤蔓花草，似有潺潺流水之声入耳，一派童话格调。我们一下车，朋友就在门口等候，先我而到的还有青年作家夏磊。夏磊先生是当地人，我们在"枕边阅读"微信群里相识，彼此欣赏，只是一直未能谋面，这次有空经过，便短信告之。他很是客气，称应该是他尽地主之谊。我说不必客气了，谁请都一样，重要的是我们能见见，再说我朋友已经安排好了，我们中午一起聊聊。夏磊先生供职于国土系统，是地质方面的专家，除专业之外，对信州文化颇有研究，从他笔端流出的文字总是那样深情款款，生机勃勃。他是个热爱生活的人，对身边的历史文化、人物场景及诗画山水都感兴趣，聊起天来，总是绵绵不绝、娓娓道来。没想到的是，夏磊先生对我的文章总是能高看一眼。他说，黄老师的文字画面感很强，充满着诗情画意，既有古典文学的深厚根基，又有当下人的文化追求与精神向往，尤其对庐山文化的了解与热爱几乎无人可匹。一番话让我又感动又羞愧难当。恰在此时我顺便将随身带来的两本拙作赠给了他，他接过书，连连称道，一定好好学习，认真拜读。只是，他迟疑了一下，说，我的书，只有随后寄过去了！

玉山的砚雕家文武先生迟到了一会儿，进门时连连点头致歉。看他行色匆匆的样子，仿佛是刚从繁忙的工地上赶来。他一边致歉，一边从他的背包中取出他的新书，人手一册，我与宋毅昨晚已经得到了，也就没有我俩的事。

陈文武，从怀玉山脚下走出来的石刻艺术家。我们的相识，却是十多年前在三清山的一次文化学术研讨会上。当时我已住下，深更半夜，我的房间又来了一位不速之客，他轻手轻脚，自我介绍，我是玉山县砚雕协会的陈文武，初次见面，请多多关照！第二天的学术会上，文武非常活跃，我心里暗想，这位仁兄迟早会出大名的。两年后我路经上饶，顺道拜会了文武的工作室，他赠我一册他的"逐梦人生"——江西工艺大师三人展的个人画册，画册集中介绍了他的石刻艺术，包括石壶、石砚、石雕等。平时我们在"枕边阅读"里交流比较多，他经常发布一些他的活动动态、工作信息，偶尔也有些个人作品展示。总的来说，他非常勤奋，也有才，心气很大，十多年前就和他的父亲一起买下了村集体的砚台雕刻厂，通过近几年来的不断打造，俨然成了颇有规模、远近闻名的砚台制作加工地，既有作品展示，也有名人字画题赠，更多的时候，是他的工作场地，当然也有喝茶聊天的活动平台，甚至还有乡村民宿。一院下来，集吃住游购娱于一体，参观、制作、展示均不误，颇见其用心了。

昨天下午，我出发前给他通电话，说晚上一起坐坐，他却在电话里头硬是把我拽到了他乡下的工作室——玉山县怀玉乡锦溪村，说有多好的自然环境，有多少的砚石资源，有多美的山乡野味。一连串的"引诱"与"蛊惑"让我忍俊不禁又诱惑难当。寻着导航的指引，我们千回百转，来到文武的工作室，恰遇他在重建院子的大门。半边建大门，半边预留建门房。门前是一川碧流，穿桥而过，溪边芳草萋萋，碧茵如玉，溪流两岸呈现或明或暗的万物生机，有青苗初长的，有花谢果成的，有泥冒气泡而不露声息的，万物生长的节律如虫鸣唧唧、蛙声轻啼。这是个群芳竞发的季节，也是个春林初盛的地方，村曰锦溪，意为与一条溪流争艳的村子，繁花似锦，草长莺飞。

临溪建有不少的村居农舍，大都是高大的三层或四层建筑，砖混结构，中欧风格并存。这些错落有致、姿态各异的别墅群，已然成为乡野山居的主流。连绵不绝的峰峦之间有云霭轻浮，烟树合处，有呼童引稚，鸡犬相闻。文武引我们停好车，来到厨房，桌子上早已摆上了家人手制的"清明果"，形制像修水的哨子而呈青墨色，似北方的饺子而偏大，味道却是庐山白鹿的包心粑，甚至更糍，佐以清口的啤酒润喉，一杯下肚，顿觉畅爽而怡然。

此时的天空恰是绯红的夕照在山口缺处彳亍，群山的翠色涂有晚霞的热情而愈见橙黄，天地之间一片朦胧而祥和。临风举杯，怡然自乐。几个爽口的啤酒嗝不停翻涌，几行歪诗也随口吐出：

节后新晴快着鞭，山间云物已空前。村中逢恰清明果，樽酒加餐抵暮烟。

这是我第一次尝到清明果的滋味，这种融地域与季节性特色的食品。朋友圈中的泊客说，要吃白玉豆。我问身边的朋友，什么是白玉豆？朋友笑指我说，白玉豆也不知道，真白吃（痴）了。

二○二三年二月廿一日

栅栏窗外又荼蘼

中秋节前夕，霞妹邀杨哥、二师兄和我一同去赣南走了一趟。吃过午饭才动身，我先在三石饭店接到杨哥，接着上高速到永修接二师兄，宝哥、霞妹和她闺蜜一台车，我们三人一台车，路上除停车加油外，一路狂奔，到龙南时已是晚上九点多钟。蔡井鹏先生已等候多时。连续七八个小时的行车确实有些疲惫，但是到达后，蔡先生的热情让我们疲劳顿消。

第二天，蔡先生开着一辆商务车，带着我们看了他的山林、朋友的民宿和他哥哥的企业，吃过午饭后再去了他家。出乎我意料的是，原以为贫穷落后的赣南竟依靠接壤广东之机，劣势变优势，后进变先进，一跃成为我省的先进县市。不仅经济上去了，而且起点很高，城市规划建设、自然生态保护、人居条件与人们的思想意识都远超江西其他城市。

记得三十多年前我在星子县委工作期间，曾被派往省委办公厅跟班，同来跟班的还有全南县委办的同志，他向我热情介绍全南的县情，我从他闪烁的言辞与微怯的神情中看出颇有些拿不出手的感觉，最后还是说欢迎来全南做客。我知道这是客气话，意思是要结束这次闲谈，但让我记住了江西的南大门就是"三南"①，与广东交界。当时我想，纵使与广东交界，广东也有落后的地方。时间过去了三十多年，朋友的电话也早就没了，甚至连姓名也无法忆起。可自此以后，我对赣南便有了一种莫名的好感与企盼，至少在我的内心，感觉自己有了熟人。这次来赣南，既是对三十多年前经历的一次旧梦重拾，也是对一个新世界的真实打量，无论从哪方面来说，都远远超出我的预期。

当然，印象最深的还是参观客家围屋。在我的印象中，围屋就是福建漳州土楼围绕成圈的独立房子，一般二至三层，一家人围绕入住慢慢繁衍，大同小异，不足为观。但这次参观的围屋大大拓宽了我的眼界与见识，无论是造型设计、建筑理念与传统文化的传承关系，还是导游的解说、与游客的互动，都可以看出南方的旅游做得相当地道，我有点不太敢相信，这还是我曾经认为的那个落后边远山区吗？

导游见我多问了几句，觉得我可能对此事感兴趣，便主动对我进行解说，从房主的发家史到房屋设计理念与子孙传承，再到防火防盗的配置与家庭伦理关系。总之，房主徐老

---

① 三南：即赣州市的龙南市（县级市）、定南县、全南县。

四通过贩运木材赚了足够的钱，除建房聚小之外，还花钱捐官，文化不文化的事不谈，弄个一官半职回来光宗耀祖还是很有必要的，换句话说，自己没文化，自己的子孙不能没有文化，自己的官是买的，图个样子可以，子孙后代还是要多读书，争取功名要紧，这是中国几千年的传统思想，更改不得，我徐老四更要做个典范。他父亲与兄弟们的围屋就在周边，无论是规模还是样式，徐老四显然略胜一筹。他从创业到建房用了大半辈子，从建房到建成用了二十多年，这几乎耗去了他的一生，以致当他住进围屋时已垂垂老矣，在选择居住的宅室时，只能选择离逃生的地道口最近的处所。没过两年，徐老四就随着他的梦想与成就西归了，留下来的是一座毫无实际意义的空城与一段本已尘封却又沉渣泛起的传奇，让后人去体味，叫后人慢慢地参观。这样的功业存在正是中国式农民最为朴实的理想。

有时我想，当年我的家乡也是这样古风独具，文脉悠悠，如果当年也能那样"边远"该有多好，那样我们的千年古建还能保留，数百年的基础设施还能存世，甚至还能"衣冠简朴古风存"，该是多么丰富而浪漫的存在呀。我也就能像山村的少儿一样围着长满青苔的石砌墙体绕行，每日晨昏骑着自行车穿梭于明式的牌坊之下，或是以细软的皮鞋度量着古老而又文艺的街面，着一袭青衫，撑着油纸伞，独自行走在细雨蒙蒙的江南小城，灰蒙蒙的底色衬出婉约如水的江南旧街。

　　与九江庐山浓郁的饮食习惯相比，客家人的饮食则以清淡精致见长。食不厌精这句话用在客家人身上一点也不夸张。别看一道极普通的农家菜放在这儿，制作出来的效果往往出人意料，又在情理之中，色香味俱全。也许是这几天主人的精心安排，让本已油腻的大叔肚得到了有效而舒适的清理，仿佛做了一次身心俱放的体疗。可惜我只顾贪吃，却少问了菜名与制作的方法，以致后来回想起来，只有回涎，却忘了回味，只有怀恋，却难以情景再现。

　　我不是特意去参观新农村，但走向乡村之际，总忘不了十几年前的工作习惯。朋友的一处民宿就坐落在典型的山乡之中，古老的大榕树立在村头，怕有几百年了吧，覆盖着大片的天空，村中的老人聚在树荫下，打牌走棋，怡然自得；池塘边的众荷叶擎如盖，枝叶婆娑，几只水鸟旁若无人似的立于荷梗之上，不断地打量着来往的行人。

　　朋友也许不是特意做成的民宿，却做成了极为文艺的样子，尽管院子正中的桂花树覆荫如蔽，未见花意，但并不影响整个院中的花木葳蕤，生机盎然。一边是院中茶室清风婉婉，另一边则是小桥流水，云水依依。民宿的名字也颇有意涵——漫心小筑，看看院中的陈设与布置，真不失为一处安心之所，若得此中长住，也不枉此余生，这样一想，心中便有无限意趣。当大家依次坐下来一边品茶一边赏景时，我却不肯就座，不断用手机抓拍此时此地的美景，口中还不时吟出久储不溢的诗句：

> 三秋桂子意偏迟，
> 信步龙南花已时。
> 小筑归心多因漫，
> 栅栏窗外又荼蘼。

若得此时笔墨俱陈，必定书之而后快，并题款识：中秋节前日与众友游赣南，偶值民居漫心小筑，颇得悠然。

二〇二一年八月廿二日

情系紫阳堤

庐山市①南门河的紫阳堤修整一新，与它紧密相连的还有十里湖的绿茵草原。由于风景独佳，成了有名的网红打卡地。谁也不曾想到的是，一踏进这里，就意味着你踏进了一段历史。无论是时人打卡还是市民休闲，无论是有意寻访还是无意闯入，这里的一切既时尚又古典，既梦幻又现实。

还是二十世纪八十年代，我初入星子县委机关，同事说，下班后我们一起去南门游泳。你会游泳吗？他又补充了一句。不等他说完我就吹起自己从小在水边长大的经历，直至完全信任了我的自保能力同事才勉强放心，临出门时还不忘回头看了我一眼，最好能带个救生圈。

骑上自行车跟在同事身后，一路穿街历巷颇觉畅爽，八月的晚风吹得街道两边的梧桐叶沙沙作响，但还是没有脚下自行车的铃声来得清脆而响亮，带风穿行，扬起身上的单衣，跟上蝉鸣的节律，感觉到南门的路途既遥又畅。夕影穿过树丛，不

———————

① 庐山市（县级市）：2016年5月由原星子县改名。

时洒把阳光的碎片在身上，在脸上，也洒在飞行的自行车上。我几乎要放开把手，张开双臂，奔向远方。

南门，城里人称之为南门河。因庐山余脉延伸至湖中深处，远远地将一片湖分成湖汊，星子人称之为十里湖，是典型的季节性湖汊，也是鄱阳湖北去的咽喉要道。每到枯水季节，湖上碧草如茵，沃野千重。新春一过，细雨如绵，湖水又慢慢涨了起来，梅雨接着又来，山洪如注，湖岸的水就一夜高过一夜，一不小心就淹去半个县城。一年四季，小小的县城也在这半水半旱中优游卒岁，城里的人见怪不怪，习以为常。最好的季节莫过于夏季，湖水退到一半，岸边的柳枝已葳蕤，湖中的碧水已荡漾如玉，湖风一起，不时翻出白浪，摇天撼月，抖落一湖星斗。

暑期中的湖边非常热闹，一到傍晚，城里人就围拥过来，沿湖岸戏水。战线很长，长到绕过半个县城，一段土堤，一段石堤，最集中的是紫阳堤。其实堤不成堤，只是零星地散落些条状花岗石在湖畔，半水半岸，半存半颓，半连半断，半是半非。朝南一望，落星岛在湖水中央悠悠荡荡，将没未没，隐约可见。那时岛上还没有建塔，更无庙宇，只一个光秃秃的石岛。每年的湖水再涨，也从来没淹过落星岛。相传星子县就是因此岛而得名的。我常常游泳游到一半便感觉到脚下有抵触，也偶尔踮着脚尖在水中半浮半歇。怎么也没想到的是，我当时几乎是全身赤裸地歇在一段南宋的废墟上，它不断挣扎，不断打量着时隐时现、时高时低的芸芸众生。岸边的人视"湖里的人"为风景,"湖里的人"视岸边的人为更大的风景。这是我有生以来第一次以这样完全自然率真的方式去触碰一段历史,而自己却浑然不知。

宋淳熙五年(1178),宋孝宗任朱熹知南康军兼管内劝农事。第二年三月,朱熹到任。这里我稍作解释一下,南康军即宋时对行政区划的一种称谓,相当于府治,但更侧重其军事方面,元时改为路,隶属于江南东道。南康军即今庐山市所在地(原星子县城),辖星子、都昌、建昌(今永修县及安义县部分地区)等地。朱熹知南康军即任南康军首,地方最高行政长官。到任后通过调查研究,发现水运为当地百姓生命要道,关乎整个地域的经济民生。由于城南的南门河历来为这条黄金水道的要冲与驿站,来往的船只或停泊歇脚,补充能量,或上下货物,或交易,因而星子码头热闹而繁荣。南门码头原有木栅围护,只是年修年毁,为了达到长护久安,朱熹即着手对南门码头进行改造,建堤为往来船只停泊货运。南门河因其特殊的地理条件,成为天然的避风港。后人为纪念朱熹在此的功绩,将此堤命名为"紫阳堤",这在当时是最为利民富民的民生工程。我那次游泳落脚之后,也一直对足下的抵触心生好奇,水退后多次踏访此地,能找到的是紫阳堤的残存旧垒,一面感叹着时代的变迁与发展,一面怀想着当年朱夫子临风立岸、指点江山、英姿勃发的君子儒风。

事实上，朱熹到任的当年适逢星子大旱，灾情严重，朱熹不顾舟车劳顿，政务冗繁，连夜起草奏章，上报朝廷，乞请蠲免赋税，使灾民得以生息。朱熹是文人为官，一方面为政爱民，另一方面又不忘文化情怀，敦敏教化，再使风俗淳。朱熹早就听说当年白鹿先生李渤在此隐居行教，但世事沧桑，人去地荒，早已不见当年的隐居之所。一次朱熹巡视陂塘时，在樵夫的指引下找到白鹿洞书院的旧址。这让他高兴了好几天，仿佛重又打通了通往古圣先贤的抄手游廊。

经朱熹的竭力倡导，两年后白鹿洞书院修复完成。为了打开局面，扩大影响，他曾自兼洞主，延请名师，充实图书，还请皇帝敕额、赐御书等，经过这一番操作，白鹿洞书院一时名声大噪，远近学士，奔走相告，沉寂百年后的深山荒院又重焕异彩，热闹非凡。我的祖上西坡先生也奔走在拜师求学的路上。

我说的奔走在路上的"拜师求学"，也并非那种传统意义上的耳提面命、早课晚诵的课业，而是亦师亦友、求学问道的讨教方式，且多以书信手札往来。《朱熹集》答都昌诸生札子中的《答黄商伯》篇有很多，有的单篇长达数千字，涉及丧服、理气、戒惧、阴阳、方位等诸多方面。西坡先生又何许人也？说来颇有渊源，乃吾祖黄灏也。先生约生于1140年，殁于1204年，字商伯，号西坡，谥文懿，今都昌县大树乡人（《宋史》有传），为"朱门四友"之一，即黄灏、彭蠡、冯椅、曹彦约。朱熹兴复白鹿洞书院期间，黄灏等四人均入其门下，执弟子之礼，质疑问难。黄灏进士及第多年，时任隆兴府（今江西南昌）教授，后迁太常寺簿。一次黄灏将自己的困惑之情诉之朱熹，说自己"不敢轻为人师"，朱熹则笑笑说，"以所知者语人可也"，意思是把你所知道的告诉人家就可以了。这一问一答颇耐人寻味，在真佛面前，问者低调谦卑有度，或者明知故问，好有一说；答者位高学深，或随口一说，却能举重若轻，出其不意，往复之间是不是一眼就能看出彼此之间的亲密关系与交谊深度。

朱熹的多部著作和他父亲朱松的著作都是在黄灏的帮助下得以印行的。黄灏四个儿子的名字（杭、柄、栝、柯）亦由朱熹所取，可见这样的师生关系非同一般。黄灏的学养修为也颇得朱熹好评，在《答冯奇之椅书》中曰："商伯时下得书，讲论精密，诚可嘉尚。"

宋淳熙六年（1179）的十二月，应黄灏登门拜请，朱熹为《黄氏宗谱》撰序：

予今守南康，讲道白鹿书院，门友黄商伯持其家谱征予序，谨以世之宗族、富贵贫贱而子孙不坠其先业如范文正公之训，书于商伯宗谱之右以自警。

并为黄氏祠堂题"亲义理"堂匾。据考，朱熹守南康军不过两年零二十八天，其功绩涉及民生、教育、著述、题咏、探幽访胜等诸多方面。就兴复白鹿洞书院一事，他亲筹款项修复书院，招收门徒，亲订教规，亲授课业。朱子与陆九渊的理学交流成为我国古代学术界的一场高峰对决，影响深远。白鹿洞教规也成为世界教育史上最早最好的教育规章制度之一。星子历来被称为"真儒过化之地",至周敦颐、朱紫阳时开始达到巅峰,对后世影响极大。其后学风日盛,至今不衰。

宋庆元六年(1200),朱熹病逝于福建建阳,黄灏不畏党禁,只身独车前去奔丧,一连十日徘徊其间,久久不忍离去。黄灏晚年辞官归里就住在星子城西的大西门,离紫阳堤近在咫尺,日暮时分总要踏步城南,一是尽览湖光山色月明风清,一是追思恩师故旧,眼中之景,心中之人,想着想着,不觉悲从中来,泪流满面。后来黄灏病逝于家中,嘱其子孙将其葬在庐山脚下,实现了他一生慕陶尊朱、行止匡山蠡水之间的夙愿。他的后裔除一支返回都昌大树乡外,其余三支均落户星子县,繁衍至今已成为大小十几个自然村落,仍以耕读为业,持理学传家。为此,我每年正月初一跪拜祖宗族谱时都能读到朱子为后人题写的堂匾与古训。

二〇二三年九月初一于抱一轩

雨后余珠

再次入住这家小院，已是"格美"久叩门扉大雨连天的夜晚。夜雨中如果缺了伞的支撑，狼狈的样子一定是你自己都不忍直视的，更无心情去欣赏你之外的任何事物。于是在酒精的作用下，向久居的老板借了伞，奔波在雨隙里。

也许是雨伞的护佑，让我收起了仓促，放慢了脚步，立即变得闲庭信步起来。跨过高高低低的台阶，穿过宽宽窄窄的小路，甚至淌起深深浅浅的水滩，七拐八弯，总算赶到了庐山小院。怕是雨声远远盖过了叩门之声，小叩柴扉久不开。

陈姐总算为我开了院门。室内却是刚亮起的灯，还有些昏暗，照不亮眼前的路，更驱不掉雨中的寒冷，瑟缩的样子一定像是在暮秋。以为家星和龙山早到了，一问，却没到。内心有点小小的失望。放下旅行包，稍作调整，家星、龙山就在叫门了，陈姐去开了门。他们也是一身狼狈的样子，比我更惨。

我们聊些互相羡慕的话题，一笑置之。我更关心我上山时刚收到的快递，一直躺在我包里没敢露头，还来不及拆封，胡竹峰的《雪下了一夜》。等我展卷就读时，我读到的却是——

雨下了一夜。

浓浓淡淡的雨从四围合来,聚集在窗前的不过是珠帘数串,雨柱南天。几棵高大峻拔的鹅掌楸在院子里支撑起更大的一片天地。天地外是雾是湖,分不出哪是雨,哪是雾。

一夜隔窗的雨有如久未谋面的恋人,淅沥的雨声是久别的絮语,风吹烟雾的缭绕是别后重逢的新欢,你持久的耐心与一往情深终将淹没我对你的眷恋,我不再在人前装模作样拥有你多长多久,只此一夜的深情让我沉沉睡在你的怀抱里畅快淋漓。你是我前世的缘,生长在我此生必经的路旁;我是你再也不舍不弃的一年四季,春花秋月,世世代代围绕在你的周身。

第二天一早醒来,大街小巷到处都是飞逝的落叶,路上多了许多坏树残枝,环卫工人一边处理着路面的残枝,一面横扫着枯叶。电力电信维修车匆匆忙忙查看着断电断网的情况,稀疏的游客三三两两,单薄的衣襟,被晨风吹得摇荡,如旗帜般呼呼作响,或疾走或慢跑,说是要暖暖身。老庐山人则多是长衣长裤,满身深秋的装束,让人怀疑这里究竟是什么季节。

山上的雨常伴着雾,雾起来了,天地就迷茫了,世界变小了,明明是近在咫尺,却只闻人语响,不见有人来。大天池上的云雾如波涛万卷,汹涌澎湃,带着风,带着光,飞峰越壑,奔腾到眼前。这些虚无缥缈的云雾将山川添满,将大地抚展。时而一阵风过,峰峦雀跃,树显花现。

快到晌午,云开雾散,天地一片澄澈。我们走在茂密的竹林之中，竹依俯在道路两侧，擦身而过，树上不时坠下些雨后余珠，清爽与凉意让人倍感惬意。元稹说，竹梢余雨重，时复拂帘惊。穿行在竹帘之中，有如时光隧道，隧道的尽头是云影天光。一棵古树横于道中，游人只能侧身而过，只见树皮蜿蜒曲折如渔网鳞次，包浆如漆，延展到树冠。石刻的树牌置于脚下，白杜，又名丝棉木，卫矛科，树龄未考，春风一吹，便开着些青色小花，成熟时转成艳紫，是花也是果，长串的花果香艳着过往，也孤芳自赏了百年吧。清脆的鸟语有如背景音乐，零零碎碎，点缀着雨后的新天地。清泠的山泉奏起无弦的古琴，一路蜿蜒，将涓涓细流汇入如琴湖中。红的瓦顶与绿的丛林在薄雾的携拥下，清新脱俗，光明透亮。

院内的落叶被陈姐的妈妈扫了一遍又一遍。我们几个坐在院中树下，一边喝茶，一边尽数院外红红绿绿的行人，来来往往，川流不息。

说到茶，庐山上不得不提及的是云雾茶。自古云雾好生茶。也就是说，海拔八百米以上的山地，因终年云深雾重，水汽氤氲，因而茶叶总要比山下迟生一个多月，所生茶芽也因海拔与湿度等诸多因素，更显鲜嫩与清气，所制茶叶，自带物香，有兰香，有果香，有蜜香。

从来佳茗似佳人。庐山云雾茶，美而不艳，浓而不俗。老倪这几年为做新茶好茶，着实下过一番功夫，先是寻茶摘茶，起早贪黑，不计远近，不计艰辛，从源头上把关，取天然野生茶为上；再是拜师求艺，不耻下问，不避亲疏。有时一种方法要反复尝试多遍，把个绿茶红茶白茶岩茶一一经历，杀青揉搓发酵烘焙等各种制茶手段，必须做到亲力亲为。让一款茶因采摘时令不同，所制茶品不一。叶子采来后当天制作，决不让新采的叶子拖沓过夜。每次制完茶后往往是第二天的拂晓，趁着曙光，不如坐下来喝上一泡，对着星斗残月，注水入壶的响声与虫鸣一起汇入周遭。

二〇二四年八月二日

过义乌

第一次走进义乌这块土地，很想说点什么，无奈眼前的景致与我的想象相去甚远。说直白点，就是很难勾起我所谓的"诗兴"来。于是，搜寻自己有限的记忆，想起了郁达夫的一首小诗《过义乌》。找来看看，觉其行止、见识、伤感与诗情都挂在那遥远的西天，读着读着，那涂满红色的乌桕树的秋色、夕阳、风怀一齐都涌上心来。口中不觉也随着诗情喃喃吟道：

骆丞草檄气堂堂，杀敌宗爷更激昂。别有风怀忘不得，夕阳红树照乌伤。

按理说，这样的诗句于郁达夫而言，不过即兴吟诵，算不得精品，但于义乌而言，却是一首不可多得又别有风怀的好诗。

首先，恕我直言，历来书写义乌风物的诗文并不多，有郁诗如此，绝对是屈指可数，凤毛麟角。其次，义乌堪入诗情画意的景致与史实也不多，或者说是早已被周边的名胜名人所掩，故义乌少有别致，这多少有些尴尬，不是不好，而是别人更多更好。话说回来，义乌于当下最值得称道的当然是它鸡毛换糖的传奇与世界小商品市场的名气，这样一来，世界各地客商纷至沓来，洋洋乎汇天下小商品之大成，洒洒乎融四海大宾客之云集。也许引我们到来的是因义乌的现代商品，而我的内心却是逐着《过义乌》的这段诗情。

追溯起来，这应是九十多年前的往事。1933年，郁达夫移居杭州，筑起了他的"风雨茅庐"，过着隐居生活。但国运时势，家庭琐事与情感危机，让郁达夫生出无限愁绪来。鲁迅先生有《阻郁达夫移家杭州》的诗相规劝，希望他不要到杭州去。诗文大意是说杭州这地方鱼龙混杂，泥沙俱下，复杂得很，不适合你行吟作文。世界大得很，其他大有可去之处，不信你看：

钱王登假仍如在，伍相随波不可寻。平楚日和憎健翮，小山香满蔽高岑。坟坛冷落将军岳，梅鹤凄凉处士林。何似举家游旷远，风波浩荡足行吟。

鲁迅婉言相劝，郁达夫并没有听进去，依然我行我素，只是把鲁迅的劝阻诗装裱起来，挂在他的"风雨茅庐"的中堂，用以装点门面，招客显风骚，最后当然是家毁人散。郁达夫有《毁家诗纪》详述此节，当然这是后话，暂且不表。

这次是应杭江铁路车务主任曾荫千先生之邀，郁达夫喜出望外，说走就走。先是沿铁路南下，往浙东几个小县城走走。第二天，郁达夫游历了诸暨五泄、永安禅寺、城隍庙等当地名胜古迹。第三天上午游诸暨苎萝山、西施庙等景点。中午十一时许上杭江路客车，下午三时，车过义乌境内，抵金华、兰溪、龙游等地。凭窗远眺，绿水青山，阡陌交通，尤其是铁路两旁的江南秋色，在夕阳的映照下，乌桕满树，红叶纷披，让人触景生怀。诗情远接历史，近感家伤，让诗人情不自已，便吟诵出这首特别深情的小诗来。别看这首小诗的个人色彩极浓，几乎把个人的满怀愁绪全部倾注其间，却又含而不发，点到为止，以一种无限的深情注目于眼下的夕阳、红树及栖树乌啼，色彩、声音、景境、意绪聚焦在一起，构成独一无二的画面，让人震撼，更让人难忘。我现在还能想象出诗中的画面，极具当下电影的造境，醉人的秋色与荒寒的江南同时展示，让诗人百感交集，五味杂陈。寥寥数语，诗人便将难状之景、难述之情的无奈与尴尬悉数呈现，令人蔚为叹服。现在看来，一首好的诗词作品，是离不开作者真实而个性的情绪表达。纵观中国诗歌史，诗家辈出，高手如云，若论以民国诗坛，予独服鲁迅、郁达夫二人耳。

我很早就收有《郁达夫诗词抄》一书，是邻村发小黄宣东在杭州当兵时送我的，细数已有四十多年，但我一直藏如至宝，置于案头，时常翻阅，时间一长，书中的句子自然也耳熟能详，尤其"曾因酒醉鞭名马，生怕情多累美人"这样的名句，更是读了又读，抄了又抄。当然，《过义乌》这样的小诗，借助今天的现实场景也是能记起来的。

二○二三年二月廿日

走在西安古城墙上

　　选一个秋日，秋高气爽的秋日，与古城有关，与古城墙有关，越古典越好，越完整越好。邀几个好友，与年龄有关，与爱好有关，最好是有着充裕的时间，有着同样的心境，去踏访一次古典的城墙，轻松而自在，自由而散漫。不必去凭轩悼古，不必去伤春悲秋，更不必去指点江山，完全可以去放飞心情，放逐自我，把历史踩在脚下，把时间丢在脑后，去会晤一场与历史有关的行走，去丈量时间之外的刹那。如果可以，那就来西安吧。

　　西安，有数千年的积累与沉淀，有十三朝帝王的宏图与霸业，有长安三万里的笑声与朗吟，也有天下才子们的理想与诗画，更有曲池里的流觞曲水，有灞桥前的杨柳依依，还有那么多好友的热情邀请与长久等待。

　　那就登上西安的古城墙去走一走吧，从朱雀门到安定门，从文昌门到长乐门，从城墙上的一个个垛口望过去，看城下的树茂林密，花繁蕊郁，芳草萋萋。数一数城墙上的垒垒古砖，成千上万的脚印在不断叠加，阳光与夜月交替抚慰，风霜与雨露相互碾压。始终不变的是，恪尽千年的守望，抵御万里的风沙。不断地磨砺与踩踏，不过是为其着肤上色，更加彰显岁华。

李白几次来到长安，最喜欢的还是长安酒家的杯盏，无论是谁来呼叫，他也只是大笑几声"天子呼来不上船，自称臣是酒中仙"；王维劝客有道，一出口便是"劝君更尽一杯酒，西出阳关无故人"；杜甫的酒杯太浅，泪水太多，再多的春雨，也化不开他内心的饥馑与干渴；白居易的心思太重，马嵬坡的蹄声已过去了那么多年，还要作歌新唱让它千年长恨；杜牧的菊花多情，深秋一到，便是满头的横斜，披星戴月。还是李义山好，满目的秋红中始终脱不去他那永恒的夕晖，无限的依依。再拿一壶酒来吧，我有金龟作质，难道换不来一次畅享的豪逸？举杯邀来的明月，与我共笑时光，你我都是同一类的人啊，哈哈。

时间带不去千年的繁华，距离不是阻隔我们的篱笆，大唐的荣耀在这里凝聚成块，与一块块青砖玉垒叠加，诗人们的笑声与悲催以一种全新的量子信息融入这座城市的日常，长袖于市，细检于野。那些经典的诗境都是长安的酒，沉淀了千年，也沉醉了千年，走在古城墙上，依然能闻得到它年久的芬芳。趁身体还健，诗心正炽，意态悠然，不着一事于胸中牵挂，不杂一念于前途足下，轻松走在当下，不激不励，自由潇洒，或是另一种诗风，更好的诗境，也未可知。

二〇二三年七月廿九日夜于华清池客舍

一个人的院子

　　吕哥的院子在束河古镇附近，山不高而云霭依岫，林不密而老树纵横。早就约好了要去拜访的山中院落一直充满着无法描述的神秘性，让我闭上眼睛想象了好多遍。张寒一路痛惜自己的爱车，小心谨慎地颠簸在砂石不平的山道上，七拐八弯，终于停靠在一处绿意参差的山村院落前。

　　几棵高大的枯树不过是落尽了繁华的大道至简，铜墙铁壁的枝干有如干瘪的老人屹立在冬日的山林里，也孤独在彼此的视线中。这是我第一次看到核桃树的样子，不免伸出手去，抚过瘦骨嶙峋的躯干，粗糙而斑驳，黝黑且沉默。院门口的紫藤花架同样只见虬髯不见花叶，一副饱经风霜的姿态彰显着曾经的岁华与浪漫。

　　推门而入则是石阶引路，两栋低矮的二层木屋正好夹成一个九十度的直角，宽敞平整的场地前还有一棵枝叶脱尽的老李子树，舒展的姿态坚定执着，与风雨无关，与岁月无关，唯一与之有关的是这一片宽敞、明亮、舒展的空间，老干虬枝是它历尽沧桑后的岁月静好，舒姿展势的优雅是它平视生命后的自然而然。满眼都是枯山的冬日似乎有些单调岑寂，好在依墙而立的还有一棵高大的含笑，繁花似锦，绿叶如烟，将这一大片天地激荡开来，且频频暗送着幽香。

吕哥从昨天开始就炖着他精心准备的萝卜羊肉，还有一盆蘑菇粉条木耳土豆的大乱炖，我还没有进到厨房就闻到了香味，听到了热情欢呼。一个人的院子、一个人的全部人生，堆放在这一片世界面前有些拥挤、又有些空旷。也许是瞄准了时机，从广州追来的福哥居然成了新的访客，由访客变成邻居一定经过几个彻夜的长谈与觥筹交错的换盏才有了相见恨晚的同感。站在院中四顾，束河古镇若隐若现，整个丽江坝子的新村屋舍鳞次栉比，一展千层。蔚蓝的天空中点缀着几朵白云，让蔚蓝更蓝，让白云更悠闲。吕哥说，丽江人把这样的蓝叫"丽江蓝"。好自信的名字，也自恋得让人无可争辩。

收回目光到眼前，一大片的枯树枝横七竖八地散落在丛林间，如果不及细看，你很难发现还有几簇细碎的小花闪烁其间，那样鲜活滋润，精神饱满。梅花，我差点喊出声来。虬枝铁干，老皮纵横。我想起曾经的一句老话，老树着梅，拙中藏巧，原来所有的"巧"都藏在吕哥的世界里，肆意无度，放任自流。吃过午饭后的吕哥，趁着酒兴，带领我们几个进一步畅游他的"梅园"。

吴昌硕一生画梅无数，爱梅如痴，他说，一生知己到梅花。就是生命的最终归宿也要择一桩老梅相伴，共梅白头。而吕哥守着这一片梅林而寒暑自度，乐可忘忧。记得我去年的抱一轩春联就贴上了"人与梅花一样清"的句子，与吕哥相比，原来我只是个"二等的梅痴"。

吕哥来丽江有十多年了。起初只是作个旅客而云游山水，后来发现自己的身世竟然与云南素来有渊源，且家道与此地渊源深厚。吕哥说，早年他的父辈就在云南从军，带着青年人的理想与志趣在此挥汗如雨，甘洒热血青春。吕哥后来由于工作的原因也常来云南招商，对接着家乡与云南的山水人脉。丽江是他身心疲惫时的驿站，丽江的雪山流水曾经为他客洗战袍。轻轻躺下时他已忘了自己的岁时风尘，终于有人为他覆上一床松软的被子，让他在身心俱疲中得到安抚与疗愈。当他从困顿中醒来后，他一点也不想犹豫，余生很贵，他要活回自己的本来。他在古城干过客栈，也卖过茶叶，他远交天南地北的来客，也回转山林，交几个纳西族的山里朋友。渐渐地又爱上了山中的清静与群籁，也曾无数次夜观星斗，共沐月色。上山劈柴，下地种菜，带着他的秋田满山遍野地跑，一跑又是多少年。高原的太阳晒得他皮肤黝黑，雪山的凉风又吹绽了脸上的高原红。他说，尽管我做不到一个真正的农民，但我还是希望自己是个农民。他租用农民废弃的房子与山同住，他像淘宝一样收集农家的鼎罐、铜壶、铁炉、竹篮与岁月共温。他有爽朗的性格山鸣谷应，有哲辩的思考万物齐观，有放下的淡然轻松愉快，有重获的自由而性派天真。他爱每一朵山花，也爱每一条小河，他把他的梅花带给他的师兄装点窗台，他把他的木柴送给他的朋友，让围炉的夜话有了温度。他半开玩笑地说，我的本意是想低调，但深居山林，实力不允许啊。

生命的意义除了体验的过程，还有回望和沉思，有了自己的感悟，才懂得珍惜与悲悯。笑看庭前花开花落、任天上云卷云舒的人，也许是刚从生命的逆旅中醒来、感受过五味杂陈的人，也许内心更加澄澈。吕哥告诉我，他有两个院子，一个叫随园，一个叫素园，一随一素。不知是谁有这样的缘：雪山的流水可煮日月，庭前的梅花可助吟哦。

二〇二三年腊月十三日

这里离古城十分钟步程

　　从日光森林的民宿小院北行，十多分钟即可到达丽江古城的西南门。下午五点过后，阳光已失去午时的暖劲，随风转柔，在街边的玉兰树上摇晃。带着玉龙雪山的清冷凉气，傍晚的景致回归到冬天的萧瑟。我们乐于关注街边上的花事，甚至绕道去某个小区，也要去看看南国的各种花卉。在一个颇似徽派建筑风格的小区，杏花已去不远，山茶带苞积蓄，一种叫不上名字的红花鼓荡在院外，与道旁的白玉兰花遥遥相望。

　　轻松的步履丈量着与古城之间的远近。曾两次踏足古城却只依稀记得小桥流水的街巷与大水车，当我再次进入古城时却怎么也找不到大水车的位置，没有了大水车的定位，我像只无头苍蝇，到处乱窜，不知道哪儿才是个头。这完全是我的一厢情愿，古城的街道四通八达，任何一个门口都可自由出入。据说好几年前丽江就全面放开了门票，只要你愿意来，无论哪个季节，都可免费进入。古城聚集着两千多家客居民宿，都在张开双臂，欢迎你的到来。每一家门店的消费都是公开透明的，不会出现宰客的事。而且这边的民宿在淡季很便宜，便宜到你几乎不敢相信的程度，不信你可以上网查查。吕哥告诉我，这里宜旅行，宜就业，宜养老，宜禅修，如果运气好，还可以遇到你的真爱。我一直在寻觅着云南的旅游法宝，除独特的自然地理条件外，当地政府的格局是值得外地学习的。对于旅游从业者而言，耐心细致、热情周到的服务是丽江人把旅游做到世界各地的圭臬。

行走在古城的大街小巷，总有一些拖着箱子的游客往来其间，或进或出，或驻或走，操着天南地北的口音，摇着灯红酒绿的光影，扶老携幼的男男女女们，把一条条街巷填充得满满当当。就是再满的街巷也要通过，再缓的流水也有声响，当我们穿街越巷来到一个名叫阅古楼的地方后，终于可以歇一口气。平台上"我在阅古楼上等你"的牌子尤其醒目。吹着夜晚的凉风，以手扶栏，满城的灯火与夜色尽收眼底，一下子一种君临天下、把酒临风的逸兴涌上心头，让人不禁吟出：背负青天朝下看，都是人间城郭。这里有免费摄影服务，当你的逸兴还在遄飞的自然状态时，摄影师早已抓拍了你的每一个精彩瞬间，让你惊叹，让你无限留恋。

与以往两次来丽江不同的是，我再也不用急匆匆地走马观花，甚至不用东张西望地去猎奇猎胜，或走或滞，或观或感，每一个街口的民宿老板都可以搭讪几句，聊聊去年的收获、今年的打算，聊聊家中的琐事、性格各异的来客。品着一杯云南特有的茶，滇红暖胃，白茶提神，极为普遍的普洱有生有熟，各具风神。我不考虑是早是晚，只感觉日影在背的无声闪烁。比起三百八十多年前徐霞客第一次来到丽江，我似乎有某种说不出来的轻松感。

那是某个冬日，徐霞客以疲惫之躯踏入丽江，被眼前的景致所震撼。雪山巍峨，常年为丽江人送来清凉；土肥地沃，为庄稼提供丰饶富足的供养。徐霞客的到来，受到木府主人木增的热情招待与细心照护。从他的游记中可以看出，丽江人的热情好客与真诚质朴令徐霞客深为感动，丽江不仅景致婉美、物阜民繁，更是一个风俗淳厚、重礼尚仪的礼仪之邦。徐霞客在丽江待了十六天，也感动了十六天，更为丽江人民服务了十六天。先是为木府课子，走村访寨，为长江溯源，接着又为木府主人木增的诗集《山中逸趣》通宵编稿并欣然作序：

弘祖遍觅山于天下，而亦乃得逸于山中，故喜极而为之序。

木增知人重义，知道徐霞客返程心事后，便派专人护送，不仅将生病中的徐霞客安全送到老家江阴，还包括他的旅行游记手稿，因为手稿是弘祖的命，甚至比他的残躯更重要。后来的钱谦益评价说：

唯念霞客先生游览诸记，此世间真文字，大文字，奇文字……不惟霞客精神不磨，天壤间亦不可无此书也。

谢谢丽江古城，在木府边设立一个"徐霞客纪念馆"，让旅行者还可以驻足一下前人行迹的山川。当我重来此地时，脚印叠着脚印，流水逐着流水，看江山依旧，斯人已远。

二〇二三年腊月十五于丽江日光森林民宿小院

二　人生如寄

　　这样的晴日有些特别，除了景色之异，气温的晴燥，也很不寻常。我是一块颇有成色的古玉，微微沁出的汗液，似带有远古的气息。山窗下，读唐人句子，读到王维的"近腊月下，景气和畅，故山殊可过"时，读到的不是景色，是怀旧与念友的孤清及人生如寄的况味。

作者砚雕作品：舟字砚。

砚背有铭文：追琢其章，柔嘉维则，穆如清风，君子之德。

山盟虽在，锦书难托

日前突发奇兴，在网上购买几札花笺，精美异常。手执尺素，抚触端详，一股幽情，涌上心头。

当年薛涛于浣花溪畔，以精美的木芙蓉皮与木芙蓉花汁作原料，间以雅洁的浣花溪水，亲自手设红花小笺，与元稹、白居易、杜牧、刘禹锡等人相唱和，因而名著于文坛。薛涛笺虽只深红一色，但颜色、花纹甚精巧鲜丽，在中国文学史上，书写风流，传为美谈。今日花笺，既非薛涛所制，亦非纯手工打造，若论以花色多样，或未逊于古人。于是，抽笔挥毫，信马由缰，随意写下数行，感觉笔随心走，忽忽飘飘，不觉已是数笺。连往日并不待见的书法，今天看来，似也受到了某种鼓舞，清风拂面，笔下波澜。只是信笺写完，却找不到相应的信封，更不知道要寄给谁，"山盟虽在，锦书难托"，让我举笺犹疑，不禁哑然。

离开书写的日子有多久了？我甚至怀疑自己还曾经有过书写的经历，还曾寄送过书信。越是在时下这样的快节奏下，内心越加不安，因而也越是怀念那曾经的旧时岁月，怀念那触人心底的《从前慢》："从前的日色变得慢，车、马、邮件都慢，一生只够爱一个人。"

这让我想起王羲之"比者悠悠，如何可言"的名句来。这是王羲之在暮年之时写给益州好友周抚的一通信札，收录在《十七帖》中：

计与足下别廿六年，于今虽时书问，不解阔怀。省足下先后二书，但增叹慨。顷积雪凝寒，五十年中所无。想顷如常，冀来夏秋间，或复得足下问耳。比者悠悠，如何可言。

大意是，现在算来，与足下你分别已有二十六年了吧，其间我们虽偶有书信来往，但这又怎能释解彼此浩大的思念之情呢？不久前收到你先后寄来的两封书信，不过是徒增一些感叹罢了。最近积雪凝寒，是五十年来所未曾有过的，此时此刻，更增添了我对你的思念，希望明年夏秋之间，还能收到你的书信问候。类似这样的悠悠之情我又何尝不是一样的呢？这份思念又岂是三言两语、一二书信所能表达得完的呢？

作为一个书法爱好者，王羲之的《十七帖》是案前必备，每临书至此，总要停下笔来，细味信中的话语，常常被古人的那份"阔怀"所感。今夜持笺，更让我想念那曾经尺素寸心的岁月。

记得我刚离开家乡，远赴他乡求学的日子里，内心总有一份长长的牵挂，对父母兄弟、儿时玩伴以及山村故土的思念，只有通过书信来寄托。秋是我的同村发小，彼时一起学习，一起玩耍，结下了深厚的童年友谊，终于在我外出求学的第三年，他以优异的成绩考入南京，那时我们几乎每周都有书信来往，他的钢笔书法让我欣羡不已，我们也常常彼此鼓励。一次我们约定，以后的通信来往只能用毛笔书写。一时之间，晋人传本、唐人小楷成为我们彼此的最爱。每到逢年过节，总能收到他寄来的书信及南京的风光明信片，我也常常搜罗些庐山的风光画片寄给他和远在外地的同学、朋友与自己的学生，包括同村的外地发小。每一张风光如画的明信片，就是一扇通往美好未来的窗口，让理想与梦想从这扇窗口中起飞。日积月累，我的抽屉里堆满了来自全国各地朋友的书信，那份记忆至今让我感动不已。

后来我工作了，有了自己喜欢的女孩，书信更是成为我们寄托相思、寄怀离情的主要方式。在一次下乡调研的过程中，乡政府来了个阳光女孩接待我们。蛋黄色的夹克上衣配黑色长裤，与苹果红的脸蛋相互映照，一头长发如瀑布般倾泻，乌黑的大眼睛让我一时惊喜。心想，世界上居然还有这么美的女孩，大概是上天为我特意准备的吧，我得早点"下手"，免得后悔莫及。我有意识地与之接近，又不能被她看出动机，借故找她借书，可是她的房门虚掩，人却不在，桌子上一册《顾城、舒婷诗歌选》让我翻了又翻，久等不来，情急之下，携卷而回。后来觉得不妥，就写了一封短信，说明借书原委。于是我们便开始了长长的通信往来，一来二往，书信就成为我们彼此洞开心扉的密码。那时尽管工作单位也有电话，但总感觉不如写信来得真实而隐秘，很多不便说出的话通过书信却很好地表达出来。当时我在县委办上班，每天夜晚加班总要到深夜，哪怕是再晚，回到住处，也要静坐下来，写上几页书信才能入眠。每一封书信的寄出，之后就是长长的等待，那份紧张与期待中，充满着焦虑、思念与渴望。后来才知道，自己以为的"早下手"，其实是排在最后的末班车，我是用书信作武器打败了所有的竞争对手，从她的闺蜜口中得知，是我的几封书信感动了她，为此不免让我有些沾沾自喜。几年的恋爱历程也就是我们写信等信的过程，书写与等待成为我们日常生活的常态，也是青涩生活中最曼妙的色彩。我们聊工作队与贫困户，聊诗歌与小说，也聊远方的旅行与浪漫的小屋。后来我们将彼此书写的信笺合订成册，把一切都交由时间去珍藏。

我曾为同村的大妈给当兵的儿子代写书信、寄托包裹，也曾为孤寡老人代写书信向民政部门请予帮扶，我也曾无数次向报纸杂志写信投稿，终究是泥牛入海毫无消息，我也曾毫不吝啬地无穷书写，只管耕耘，不问收获地默默前行。时至今日，那些曾经积满岁月风尘的信札与明信片，一捆捆，一扎扎地堆砌在故纸堆里，重重叠叠，退到了某个角落。颜色枯中带黄，黄中转褐，有的脆弱得一触就破，有的字迹已漫漶不清，作为某段时间的某段情感，已然真真实实地存在过，无论是青涩，还是遥远。

由于互联网与智能手机的普及，将世界缩小，古人长于书信的联络方式一夜之间几乎化为无形。人类的情感寄托变得简单而直接，瞬息之间，就完成了从寄托到等待的全过程。甚至神回复，让人们的思念与问候再也没有酝酿、发酵、成熟、品味、比较、辨析的过程，甚至再也不用长长的邮差来贯通，只轻轻比画几下，所有的数据、图像、声音、文字、符号、表情、萌宠，等等就能直达，所有的含蓄、寓意、抒情与寄怀也都随之隐去。几千年来人们的书信往来，消失得无影无踪，仿佛其从来没有存在过似的。

终于有一天，我也学会了玩微信，发电子邮件，甚至沉迷于网络。把自己的一些心事心得通过博客的形式发到朋友圈，让更多关心我的朋友看到。就在我学会这些所谓的现代工具后，感觉自己一天天在与时代潮流接近。与时俱进之际，内心却有一种强烈的隐忧涌动，我在接受新的事物的时候，同时也在失去，那些曾经熟悉的、喜爱的、乐此不疲的人和事物，一个个、一件件在离我而去。悄无声息，毫无觉察。终有一日，当我一梦初醒，惊觉过来时，内心近乎崩溃，那句耳熟能详的话又在耳边响起，比者悠悠，如何可言？

键盘敲打的洪流完全替代了书写，武装着一代代的年轻人，人们似乎习惯了无须书写的生存年月，那一纸素笺只能从记忆中去寻找，从故纸堆中去寻觅，尽管我努力追忆，却毕竟是时代的洪流滔滔向前，青山遮不住，毕竟东流去。但我内心的隐忧依然，快节奏下的人们，真的是视古人的"阔怀"如敝履，一弃不复返了吗？我的持笺以寄的悠悠之情，究竟向何方投递，又有何人收悉？

杜甫的月亮

对于唐人，我读过不少有关月亮的诗文，也常常是为那些不同的月色所感，有李太白的"举杯邀明月，对影成三人"的浪漫，也有张九龄的"海上生明月，天涯共此时"的深情，有张若虚的"春江花月夜"的迷离，也有王建的"中秋夜月"的秋思，林林总总，不可胜数。当然除了以上之外，杜甫的月色也同样感人，在我看来，同样是一弯明月，在老杜笔下，也许清冷了些，但我喜欢的是他的深沉与真挚。如果能设身处地，情同己出的话，倒觉得老杜的月色更具有世事沧桑与人间温情。

纵观杜甫一生，感觉好日子总与他无缘，一生颠沛流离，却忧国忧民，一辈子食不果腹只能活在自己的文字里，以诗文充饥。当然，这样的文字，只恨其少，不厌其多，亦可称圣，亦可作史。文能至此，夫复何求？

对于一生都处在颠沛之中的杜甫而言，成都是个例外。当年漂流至此的杜甫一家老小在成都郊区结庐而居，总算有了个安定之所。这一方面有赖于他的好友严武的接济与帮助，另一方面，连年的战争让更多中原的百姓苦不堪言，无处安身，这样一来，成都也就成了避乱的自然去处。在成都的日子里杜甫有了相对的安逸，也让他一支生花妙笔留下了不少绝妙诗章。

成都收纳了杜甫，是成都的大气与包容，杜甫也成就了成都，仿佛成都需要更加深情而优质的文化，便安排一个颠沛之中的杜甫来此安居，为成都的人文历史伤今悼古，让一个富足的四川平原增添诗的浓度，让丰富多彩的自然山水有了新的亮色。读《杜诗镜铨》，一入川部，感觉就完全不同，或是浣花溪水的蜿蜒曲折，或是茅屋为秋风所破，或是苍茫的月涌大江，或者秋兴的登高远望，无论是文字还是意境，是国事还是身世，总是那样，混成一片，浑然一体，一片化机。

无奈好景不长，永泰元年（765）四月，严武突然病逝，杜甫赖以依靠的支柱倒了，成都已不再属于他，苦苦支撑不到一个月，不得不举家放舟，沿长江再一次漂流。一家老小，就偎缩在一条破旧的小木船上。时间是从当年的四月到七月，空间却是从成都经嘉州（今四川乐山）、戎州（今四川宜宾）、渝州（今重庆）后到达忠州（今重庆忠县），转来转去还是在四川盆地内打转。江面时窄时宽，江草或青或长，岸上的朋友或来或去，常常是有一顿没一顿的，让孤瘦的诗人更加忧郁不堪。

这天傍晚，微风送岸，月涌如潮，杜甫的一叶孤舟在江面上漂浮，孤独而落寞。想这一辈子也过得实在是窝囊而畏缩，自己一生襟抱，致君尧舜，却淳风难再，报国无门。连年的征战离乱，国无宁日，百姓难安。自己哪里是要做个诗人，不过是形势所迫，诸艺俱废，唯留一诗，聊以自遣罢了，吟出来的几首诗，不过是自我解嘲、自我宽慰罢了。没想到的是，无意的寂寞之音引来蜂蝶无数，或逐其名，或求其利，无意做诗人的诗人却名扬海内，这点虚名岂是我的初衷。我哪不知道做个乱世的诗人有多难。漂泊一生，经常过的是"残羹与冷炙，到处潜悲辛"的日子，就连一家老小都要跟着自己担惊受怕，忍冻挨饿。回想自己的一生，不是贫就是病，还总喜欢在朋友与客人面前表现出自己的孤傲与清高。唉，一生求官，却越求越远，越逐越难，眼下老病多忧，漂无定所，怕是这一生的愿望与追求都要落空了吧，这番境况，实非所愿，也实在不甘。

今夜月色真好，无私无尽的月亮将美丽的清光洒向天地，宛如一天飞雪，均匀地敷在万物之上，敷在茫茫的大江之上，也敷在我这条孤寂而幽暗的船桅之上。江面泛起粼粼清光，幽深而静谧，高远而辽阔。这让我心里有些兴奋，毕竟有皓月当空。在大自然面前，人是渺小的，有时也是巨大的，只要能找到一杆桅桨，一定能够划向那没有贫穷、没有困苦、没有战乱、没有分离的理想彼岸。这样一想，感觉此生此夜，与天地为伍，与星月相对，实在是我之大幸。我深信，茫茫大宇，悠悠时光，一定还有和我一样的人，在此清月下，想着同样的事，感受着同样的星月与江河。只是，我并不知道这个知音是同代还是异代，是在此还是在彼与我同热。

诗人再也顾不得良好的月色与星光，他的胸中有一股勃勃之气在涌动，他需要排遣，至少他需要笔墨与纸张。不，他什么都可以不要，他不如直接与天地对话，与星月交流，他胸中的勃勃之气已郁结成文字，已发酵成灿烂的珍珠。做不做诗人并不重要，重要的是，他需要诉说，需要倾听，告诉所有人，他的世界是那样孤独，也是那样浩大：

细草微风岸，危樯独夜舟。

星垂平野阔，月涌大江流。

名岂文章著，官应老病休。

飘飘何所似，天地一沙鸥。

这种低吟式的倾诉也许没有听众，只存在于他的胸臆，他的脑海，与船夫无关，与饥饿与贫穷无关，但与今夜的星月江河有关，与国运皇祚有关，也与他此生此途有关。他终于还是回到了现实中，现实中的他，不过是这天地大宇皓月星空下一只孤独的水鸟。

同样是清辉的月亮，十年前的月夜，诗人杜甫因安史之乱被囚长安，因而思念远在鄜州羌村（今陕西富县北）的妻儿又是另一番境况。

今夜鄜州月，闺中只独看。

遥怜小儿女，未解忆长安。

香雾云鬟湿，清辉玉臂寒。

何时倚虚幌，双照泪痕干。

　　应该说，杜甫的月色里有更多的人间冷暖与人文情怀。人世间的悲欢离合，个人的情感境遇都融入清冷的月色之中，何况杜甫是一个易于感伤，易于触怀的人，"感时花溅泪，恨别鸟惊心"。对于杜甫而言，何尝不想好好读几页书，为国家、为黎民做一番事业呢？然而"树欲静而风不止"，长年的战乱离苦让家人分散，黎民受苦。大人们的愁寂面容又岂是一个尚未长大成人的小儿女所能读懂的呢？在杜甫看来，月亮不过是世间的一面镜子，人世间的所有悲欢离合都在这面巨大的镜子面前一一呈现。

　　在杜甫的世界里，有多少兄弟阻隔，关山路遥，又有多少生离死别，背井离乡，如果不是一个饱经世事沧桑、世味尝尽的人，是难以真正懂得"露从今夜白，月是故乡明"的真正意涵的。

二〇二一年二月初一

卧看青天行白云

连日晴热，高温难耐，院中蝉鸣声动，仿佛要与时下气温比高。闲坐榻中，侧首窗外，菩提树叶依依，有倦容疲态，纤竹修篁，稀疏的细叶亦翠中带卷，是年初新植的小竹，未能成势，不敌骄阳。悠然的秋千架孤零零地在院中静然不动，空气与时间仿佛都在凝滞。与院外相对的是宅内的瓶中花叶，在电风扇的悠扬下有些翻动，松真①比时下的谁都"躺平"，闭眼轻呼，悠悠地吐着几乎无声的气息。昨晚才发现它身上有伤，可能是它那天傍晚时分在院外放风，不小心遇上谁家的宠物狗，追逐时被狠狠地咬了一口，吓得好几日也不敢出门，忧郁得让人有些怜悯，一副无奈的样子没了情绪。

正山小种在紫砂壶中翻滚，之后便沿着壶嘴畅然流淌，滤在玻璃杯中的茶水黄中带亮，袅袅清气，如云如雾，茗香四散。高白泥所制的茶杯有些修身，七分满的茶液微微涟漪环绕，粼粼微光中渐次平复，直面如镜，映出窗外的蓝天白云，

---

① 作者养的猫的名字。

仿佛在游走。

我想起北宋诗人苏舜钦的《暑中闲咏》：

嘉果浮沉酒半醺，床头书册乱纷纷。北轩凉吹开疏竹，卧看青天行白云。

苏舜钦，北宋时期大臣、参知政事苏易简的孙子，字子美，崇尚杜子美的诗学诗风。少以父荫补官。景祐元年，考中进士，曾出任过蒙山县令，历任大理评事、集贤殿校理、监进奏院等职位。因支持范仲淹推行的庆历革新，遭到御史中丞王拱辰劾奏，罢职闲居苏州，后修建沧浪亭。

此诗作于闲居苏州沧浪亭期间，其中足以领略出诗人闲居后的悠然心态与士大夫的雅逸之趣。尤其对陶渊明的"性嗜酒""好读书"的雅趣更是崇尚有加。陶渊明说："静寄东轩，春醪独抚"（《停云》）、"花药分列，林竹翳如。清琴横床，浊酒半壶"（《时运》）。一个是嘉果浮沉，一个是花药分列；一个是酒半醺，一个是酒半壶；一个是北轩凉吹，一个是静寄东轩。无论是书册纷纷，还是清琴横床，处处与他的偶像陶渊明相似，关键是那份悠然心态连我现在回想起来也感觉到欣羡不已。

我奇怪的是，苏学士是因别人诬奏而丢的官，丢官后的他居然就真的放下了，放下得那样坦然，如果不是志趣高远，修养有素的话，是很难真正做到这一点的。换句话说，如果不是内心干净、灵魂高贵的人，一定做得异常虚伪，那样该是多么痛苦与幽怨。你看他的《沧浪亭记》，开头就是一句"予以罪废，无所归。"对于弃官，毫无可惜之意，倒是一身轻松，悠哉快哉。

了解苏学士的人都知道，他早年其实是个性情豪爽、有侠义之风的人。在政治上，倾向于范仲淹一路的革新派，实行新政；在文学上，与尹洙、欧阳修一道提倡古文运动；在书法艺术上，更是善草书，工行书，皆入妙品，短章醉墨，传宝天下。欧阳修尝言子美用笔之法如柳公权。宋米芾评："舜钦如五陵少年，访云寻雨，骏马青衫，醉眠芳草，狂歌院落。"黄庭坚谓："子美于蜀绫纸上写楷字，极端劲可爱。"

纵使遭人诬奏，内心也自有天地，于苏州建起了自己的沧浪亭来，并自号"沧浪翁"。与一批文人雅士一起，不改文人志趣，乐于琴棋书画，每日栽花种竹，酌酒吟诗，其诗文书法于北宋属列神品，开一代先河。他生性好饮，最为有名的是他读书佐酒的故事，我在《汉书下酒》一文中曾有提及。每日黄昏时分，他常常是大声诵读经典，边读边饮，边饮边叹，动辄一斗。其岳父派人暗中观察。每于兴处，辄大声慨叹，即饮一大白，如此往复不止，其丈人曰，有这样的下酒物，一斗不算多也。就是这样一个性情之人，居然把饮酒与读书联系得那么巧妙，那么有趣，成为美谈，一千多年过去，大家还在津津乐道，此中雅逸，影响着之后的一大批江南韵士，如董其昌、文徵明、唐寅、李日华等。

我还读过他的另一首小诗《夏意》，其诗画意趣同样精彩，读来如清飔拂面，凉意袭人。"别院深深夏簟清，石榴开遍透帘明。树阴满地日当午，梦觉流莺时一声。"如果不是虚怀若谷，心境若水，岂能于此盛夏炎热之时写出此等清幽之境，悠旷之情呢。

庆历八年（1048），苏舜钦被朝廷重新启用，任湖州长史，可惜未来得及赴任，便因病去世，年仅四十一岁。

说到沧浪亭，却是我从小向往之地。那年几个旧友突然心血来潮，相约于闲暇之余，恰好正合我从小的私意，于是一拍即合，驾车而往。苏州的朋友亦精心安排，把沧浪亭、拙政园游了个遍。后来复读了苏学士的《沧浪亭记》，"思得高爽虚辟之地，以舒所怀"，觉其无论是地僻人稀的佳山丽水，还是其行文抒意的旷古情怀，都是我之所尚，冥冥之中有某种神秘的力量在暗合！

记得读《浮生六记》，沈复有云：余生乾隆癸未冬十一月二十有二日，正值太平盛世，且在衣冠之家，居苏州沧浪亭畔，天之厚我可谓至矣。

时当六月，室内炎蒸。幸居沧浪亭爱莲居西间壁，板桥内一轩临流，名曰"我取"，取"清斯濯缨，浊斯濯足"意也。

去年夏天，我闲居庐山，每日行走于群峰众壑，古墅山房之间，闲时观云察雾，偶尔也听雨吟风，与山中旧友，古圣前贤为邻，以读前人诗文度日，时间一长，便感觉到自己与古人心心相印。读着前人留下来的诗文书画，仿佛与前人在隔空遥念中对话，这种默契，怕非心灵高度契合者不能为之。由此我想，凡古今作文抒怀者言，亦为人之常情，情之常理，理之非奥，道不远人也。我虽不能像沈复那样，毗邻沧浪，但生之于匡山蠡水之间，亦有为人之所羡处，何必舍近求远，厚彼薄此呢？

遥想着当年苏学士闲居沧浪，几上书册乱叠，嘉果列陈，凉风吹竹，卧看青云。最可爱的是，美酒半酿，一派魏晋风度，宋人风流，美了一二千年，还将继续美轮美奂下去。关键是心态，若得景境合一，心手双畅，哪里不是菩提。这样一想，感觉到我的窗外已是竹影翳翳，菩叶娑婆，一阵凉风，起于天末。

一梦黄州是夙缘

对于黄州，一梦久矣。不为别的，只为九百多年前那个曾经来过黄州，孤独耕躬与自我反省、自我超拔的苏东坡。或者干脆来走走山径，感怀一下古人的伤今悼古，诗酒岁华也是好的。在内心久已作计的行程，却一直未能如愿，看来顺其自然的潜意识有时也有不灵的时候。就在恍惚之间，心却在一个完全无意识的状态下，随车踏上了征途。

那天吃过早餐后已经是十一点了，走出门时，并没有确定行程，只有到了车子跟前，发动了引擎才决定去江对面小池看看，反正是打发时间。上高速的一瞬才感觉到可能是走错了路，不应该走二桥，而应该是一桥。但高速上没有后悔的机会，任车向前，便朝着黄梅方向而去。行车的速度匀速而轻松，早春的田野与乡村透着清新的气息，两边的树木在暖阳的催促下有了一些绿意，一天一个景致。远处的天空碧空如洗，显得特别高远。我脱下外衣，还是挡不住热气往外蒸腾。看看导航，离黄梅还有几十公里，至于去干什么，会什么人，不知道。就在枢纽交会处，一不小心，走向了黄州方向。看来，今日与黄州有缘，原来潜意识下的顺其自然又回来了，既来之则安之，来黄州会东坡已经是天意也未可知。

黄州，这个古已有之的地名，现在是黄冈市所在地，黄州仅仅是黄冈市下辖的一个区，但它在一千多年前的北宋时期却是个地僻人稀的穷乡僻壤，它的出名，与一个人的到来有关，以致后来，这里到处都流传着他的故事与传说。他就是苏东坡，本名苏轼，字子瞻，东坡是他来到黄州之后的第二年，艰难的日子实在是过不下去，黄州太守徐君猷拨给他一块营地，让他自耕自种，自给自足，因地处东坡，又是自己的偶像白居易多次咏唱的名字，因而自号东坡居士，有自娱自遣之意。到后来更多的人记住了苏东坡这个名字，甚至比苏轼的名气还大，这就没有办法，像苏轼这样的人，就像原上的春草一样，只要有基本的生存条件，比如阳光、土壤、水分，就能生长出烂漫的花叶，活出自己的领地来。当我赶来此地时，第一个游访的地方就是"遗爱公园"。

这是黄冈市政府近年来精心打造出来的公园，规模之大，品位之高也确实称得上大手笔。全境免费开放，当日适逢周末，天朗气清，路上行人如织，市民携家带眷，随五牵六，与早春的春色一起，把这个公园一下子烘托得热闹非凡。春阳下的梅花灿若朝霞，春波上的小舟荡如轻叶，五颜六色的游人或聚或散，或呼或叫，最有意思的是，一些自发的小型乐队支着各自的乐器在各个不同的角落，唱起黄梅戏，咿呀咿呀，你方唱罢我登场，不管是专业的还是业余的，一样认真执着，好像无形中的比赛，赛出水准，赛出品位，也赛出黄州人的精神风貌。我对公园门口的苏公塑像与大门上的"遗爱公园"题字则驻足久久。

高大的汉白玉雕像立于公园大门前，长髯飘飘，目光炯然，仿佛目送夕照，又仿佛遥念心中的北方，那个曾经的政治文化中心——汴京（今开封）。"遗爱公园"四字书法是集自苏公的书体，但这"遗爱"二字的取意却有些来历，不得不说。

原来在苏东坡来黄州后不久，就得到当时黄州太守徐君猷的帮助，徐太守也是个读书人，对苏轼的到来是既惊奇又同情，处处帮助着苏轼。一日，苏轼来到安国寺与住持继连和尚及即将离任的徐太守一起在亭下饮茶，苏轼有感于徐太守的仁爱德政，写下了著名的《遗爱亭记》：

何武所至，无赫赫名，去而人思之，此之谓"遗爱"。

……

东海徐公君猷，以朝散郎为黄州。未尚怒也，而民不犯，未尚察也，而吏不欺，终日无事，啸咏而已。

每岁之春，与眉阳子瞻游于安国寺，饮酒于竹间亭，撷亭下之茶，烹而食之。

公既去，郡寺僧继连请名，子瞻名之曰"遗爱"。

……

东坡以"遗爱"二字来纪念太守对百姓的仁爱，后人以"遗爱"二字来纪念东坡对黄州人、对后世的"千古遗爱"。今日"遗爱公园"里熙来攘往的市民们都在或多或少地感受着古人留下的千古遗爱，这种代代相传的遗爱精神也一直影响着每一个华夏子孙。

读东坡的诗文，肯定绕不开定惠院这个名字，它既是东坡初来时的暂居之所，亦是他与黄州生发出种种情感的纠葛之地。此次黄州散游，很是希望能找到当年东坡的定惠院待待。据说当年的定惠院是坐落在城南江滨的小山丘上，我去的时候问过很多人，有人指出早就没了踪影，可能是在黄冈军分区一个教导队院内。后来我的一位同姓朋友说，就是他当年当兵的地方，早就变成他们的营房了。尽管我寻迹虔诚，往事毕竟遥远，结果当然是失望，但并不甘心。

于是，在游览完"东坡赤壁"公园之后，找两本与东坡有关的书陪自己一个夜梦，怕是最好的会晤。于是，找一家小店，寻一处方桌，置两套餐具，东坡一套，我一套，要一壶当地的青梅泡酒，东坡一杯，我一杯，相对而坐，相顾无言，算是一次隔代的交会吧。

初来黄州时最先感受的应该是先生的"一夜东风吹石裂，半随飞雪渡关山"的清寒与彳亍及"拣尽寒枝不肯栖，寂寞沙洲冷"的荒凉与落寞。但天性豪纵与随遇而安的苏东坡来黄州不久，就与这个后来被称为炼狱之地的黄州进行了真正意义上的和解与融入，完美地将"一词两赋"放飞升空。剩下的事，就是回归到日常生活之中,过上那种平凡而又自我的真实生活。

元丰七年（1084）,苏轼来黄州已经是第五个年头了。心态早已适应了当下的环境,包括所交往的每一个人。一日,东坡与佛僧参寥及二三子来到定惠院东边的小山上,因山上有一株海棠,长得枝繁叶茂,亭亭玉立。每年三月,春风一吹,花繁若灿,艳若流霞。这一切在时人眼中不过寻常之物,寻常之景,但在诗人的心目中,常常被引为知己知交,甚至以花自比,对花自怜。这棵海棠也是实在有幸,能长在定惠院这样的修心之所,更为有幸的是遇上苏东坡这样的灵魂,引得一咏三叹,又是写诗又是作赋。更多的时候,呼朋引伴,招朋友来树下,对酒当歌,尤其是花事盛开的时候,更是如此。这次来的二三子,据后人考证是与他相交颇契的徐大正、刘唐年、潘大临等人。

东坡的酒量实在有限,逢酒必醉,一醉忘忧,这样一个天真似孩童的人谁不喜欢与之交往呢？与东坡往来的除文人墨客之外,更多的就是一般的平民百姓了,渔父樵夫,田翁乞儿,有时甚至遭醉汉笑骂,东坡不以为然。用东坡自己的话说,吾上可陪玉皇大帝,下可以陪卑田院乞儿,眼前见天下无一个不好人。

这次海棠之下的相邀,一年一度的置酒,屈指数来,已五醉其下矣。谁知今年海棠园主却已易人,尽管新主亦为市井之人,抑或是旧主早就有过交代,或是因对东坡先生的熟知,对该树便多了一份培护与关爱,园中的其他树木,亦因是故,则当伐不伐，当存则存。可见东坡先生的"遗爱"遍及花草树木与市井小民，对时人的影响更是潜移默化，润物无声。

为此，东坡除作《寓居定惠之东杂花满山有海棠一株土人不知贵也》一诗，自比海棠，起飘零之叹外，还作《记游定惠院》。尽管所记是一些细碎小事，但串联起来，则可以看出，东坡此行亦不忘文人本性，或隐或现地围绕一个"雅"字展开，更准确点说，是东坡骨子里的"雅文化"，牵引着他的每一个行为，也影响着每一个黄州人。这样一来，所有的记述便有了更深层的文化意蕴，以至于近千年来，还在影响着后来的黄州人和所有的读书人。

我读此文时，执笔反复，记录下他的每一个小节，于阅读中加深理解，亦厘清所记之事。欣赏着东坡"常行于所当行，常止于不可不止，如是而已矣"的为文风采。

你看，"既饮，往憩于尚氏之第。尚氏亦市井人也，居处修洁，如吴越间人，竹林花圃皆可喜。"市井人亦有可喜之处，居处修洁，是东坡自认为的，或者说是东坡发现的，即从无处中显有，从小事处见大。东坡说的不无道理，竹林花圃，当为主人内心雅洁，故择此境，加之小睡过后，闻坐客中有崔成老弹雷氏琴，且曲弹成调，铮铮然，有仙乐耳明，此状此境，意非人间也。

文章叙述中，买个木盆想到的是注清泉，瀹①瓜李；朋友馈赠油饼，取个名字"甚酥"；过个小圃，见桔苗鲜美，便乞之移栽雪堂，等等，不正是沉淀后的真实东坡心境吗？如此看来，东坡像是得道后的仙者，从"见山是山，到见山不是山，再到见山还是山"的境界递升，后人称之为坡仙，所言不虚也。

据有关资料显示，座中弹琴的崔成老为庐山星子人，是我的隔代老乡，很以为意，代我与东坡先生面晤了一场，让东坡觉得有仙乐之欢，叹非人间，我实在是高兴不已，谢谢你，我的乡人——崔成老！

现在想来，当时黄州地僻人稀，自天降东坡后，黄州亦处处俗中见雅，苦中有乐，足见东坡与黄州为天作之合，彼此成就。应该说，没有东坡的黄州，不过一华夏地域耳，有过东坡后的黄州，便成了东坡的精神炼狱地，中华文明的碑亭驿站。现实中的东坡每天遇到的大多是俗世中人，俗世中物，东坡的记述却不避俗，处处俗人有雅趣，俗事有雅意，俗物有雅用，俗聚有雅欢。独参寥者不饮，以枣汤代之，有东坡述之，也成为雅了。

而我来黄州，无论是以一个后来的读书人还是市井之民相晤，除了对一江清流、半卷残阳之外，怕只有轻梦一场，梅酒数杯了吧。

---

① 瀹（yuè，浸泡）。

附：苏东坡散文小品《记游定惠院》

黄州定惠院东小山上，有海棠一株，特繁茂。每岁盛开，必携客置酒，已五醉其下矣。今年复与参寥禅师二三子访焉，则园已易主。主虽市井人，然以予故，稍加培治。

山上多老枳，木性瘦韧，筋脉呈露，如老人项颈。花白而圆，如大珠累累，香色皆不凡。此木不为人所喜，稍稍伐去，以予故，亦得不伐。

既饮，往憩于尚氏之第。尚氏亦市井人也，而居处修洁，如吴越间人，竹林花圃皆可喜。醉卧小板阁上，稍醒，闻坐客崔成老弹雷氏琴，作悲风晓月，铮铮然，意非人间也。

晚乃步出城东，鬻大木盆，意者谓可以注清泉，瀹瓜李，遂夤缘小沟，入何氏、韩氏竹园。时何氏方作堂竹间，既辟地矣，遂置酒竹阴下。

有刘唐年主簿者，馈油煎饵，其名为"甚酥"，味极美。客尚欲饮，而予忽兴尽，乃径归。道过何氏小圃，乞其丛橘，移种雪堂之西。坐客徐君得之，将适闽中，以后会未可期，请予记之，为异日拊掌。时参寥独不饮，以枣汤代之。

天砚

　　近读《苏轼集》，有一篇目让我不肯移目，名《天石砚铭》。说的是苏轼的第一方石砚是在 12 岁时所得。那年他与弟弟子由在家一起掘地玩耍，发现一块淡绿色的石头很是可爱，洗净后石上金星点点，温润莹洁，试以研墨，颇为得心应手，其父苏老泉也觉得好奇，认为此石"是天砚也，有砚之德，而不足于形耳"，于是帮助儿子一起凿池琢砚后并交给儿子使用，并嘱其好好保存、爱护，认为"是文字之祥也"，意思是说将来可以吃上"文字"饭了。从某种程度上也预示着苏轼未来的命运走向。苏轼对此砚更是珍爱有加，一直跟随他转战南北。他后来也有"我生无田食破砚"的自嘲句子，可见苏轼吃文字饭是吃定了，但也吃得够辛苦的。

　　元丰二年（1079），苏轼因乌台诗案被诬入狱。乌台诗案说到底还是因文字而起，苏轼的性格向来书生味重，一不小心就树起了政敌，而自己还浑然不知，政敌常常是不见踪影的小人，有的窃窃私语，有的笑里藏刀，更有甚者，捕风捉影，借题发挥，让一个生性天真的浪漫诗人无枝可栖。被贬黄州后，"天砚"亦不见踪迹。几年后在收拾书箱时，竟意外地发现此砚存在箱底，让他喜出望外。并在砚背刻以铭文，文曰："一受其戒，而不可更。或主于德，或全于形。均是二者，顾予安取。仰唇俯足，世固多有。"

我们知道，苏轼一生好砚成癖，其诗文书法多有所述，而留下的砚铭也不在少数。与他的诗文一样，铭之于砚，多是由心所出，率意天真，此节铭文叙砚之形德，多有顾影自怜，慨叹人生世故之感。"仰唇俯足，世固多有"。据说后来东坡将"天砚"传给了儿子苏迈。到明代，权倾朝野的奸相严嵩被世宗所杀，抄其家产时竟意外地发现了苏东坡的"天砚"，其后"天砚"不知所终。

张岱也有一篇名为《天砚》的文字，载在《陶庵梦忆》卷一中。"少年视砚，不得砚丑。徽州汪砚伯至，以古款废砚，立得重价，越中藏石俱尽"，后搜"遍城中无有"，只为一好砚石也。最后搜得一上有五小星一大星的端石，名之曰"五星拱月"。有好事者"铲去大小二星，止留三小星。"但瑕不掩瑜，砚石"赤比马肝，酥润如玉，背隐白丝类玛瑙，指螺细篆，面三星坟起如弩眼，着墨无声而墨沉烟起"，可见好砚是遮掩不住的。张岱铭之曰："女娲炼天，不分玉石；鳌血芦灰，烹霞铸日；星河涸扰，参横箕翕。"张岱的铭文也算是大胆的吧，直夸为女娲烹霞铸日炼就而成。试想谁得到此砚，能不抱砚而眠呢？当然张岱是个落魄的"文五代"，对砚台的痴迷与依恋几乎到了无以复加的程度。在他晚年自撰的墓志铭上就有"年至五十，国破家亡，避迹山居，所存者破床碎几，折鼎病琴，与残书数帙，缺砚一方而已。"这残缺的石砚也成了他晚年的精神依赖与寄托。

我亦玩砚久矣。身居匡山蠡水，自古就有名石琢砚，好句成章。及至我来此地时，早已是遍地碎石，俯首可拾。但寻得一方好砚，砚出天然，手磨心琢，亦不是那么容易的事。那年初春，中华砚文化联合会刘红军先生来信聊及砚文化兴起之事，我顺便赠送了一首小诗回复，以表达谢意。

> 新春甫至念同曹，欲写心情问天高。
>
> 一方山砚云调墨，万丈湖笺月落毫。
>
> 细检玩家存苏米，漫游砚国有端洮。
>
> 而今又焕金星彩，古风吹遍粟里陶。

后来我多次以此为题，制作金星砚，被业内行家所好，有的不远千里，寻砚至此，让我感动。现在的航拍技术进步，从天空俯瞰着身边的这群山大湖，常见山岚烟起，碧玉妆成，宛如一方神工天砚，研磨着岁月春秋，荣枯世事。在此背景下，琢石成砚，琢句成章，也成了我今生今世不了的情缘。

砚者，研也

砚者，研也。与研墨相关联的就是中国的传统文化——诗书画印，于是，一个传统意义上的文化人就这样立起来了。文人之砚，犹美人之镜，朝夕与共，不离不弃。一辈子与砚相依，喜耶悲耶，也许不同的人有不同的答案。

对于每一个制砚用砚玩砚的人而言，都有其甜酸苦辣，悲欣交集，这很正常。我亦不能例外。当年，我的老父亲在他有限的识鉴能力之内，拟将自己的四个儿子一个个培育成他的木工接班人时，也许他并不怀疑，农门子弟能有一门手艺养家糊口，生活便有了某种保障，可是到了第三个儿子的时候，他的手有些发抖，我真的要把自己所有的儿子都去学做木匠吗？那时候我高中毕业，待业在家已有月余，天天跟着村里的妇女老人去山里担土作坝。长期这样下去怕不是个法子，母亲说。父亲犹豫再三，开始怀疑起他的人生观和世界观来。最后他咬咬牙对我说，你还是去复习吧，看能不能不吃我这碗饭。父亲说这话的时候，声音有些颤抖。父亲的这个决定，一定让他斗争了很久，内心世界的复杂程度，不亚于将军面临一场战争。但于我而言，走一条与之完全不一样的路子，只能叫做命运。我与书结缘是父亲短时间的一次心理颤动，是偶然现象，我则演绎成一场生死博弈。

当负笈的行囊第一次慎重地装入一方四水方砚时，我知道，身上的责任便有了家族的沉重与长辈的嘱托。是知识改变命运，还是知识就是命运。我从一名光荣的人民教师转岗为县机关公务员，慢慢地，我感觉到，当谀词成为智慧，当巧舌成为辩才，有时越是努力的地方，越不见成效，越是不屑的行为，越容易收获肯定与实惠，于是，精致的利己主义者风行，一些人在表面文章面前游刃有余，顺水又顺风。然而，于我而言，做好本职工作，多读圣贤书。既是一种明智的妥协，也是一种无奈的必然。

当叮叮当当的敲石声成为生存的习惯，当邻居大叔制砚的凿刀不断扬起石尘，当优美工整的线条装点着砚石，当墨条和水研磨出浓淡不一的墨色，当村里的老翁舔着笔墨教授孩童读书写字，当我们将一张张书写好的红纸，举起面对灿烂阳光，当饱含笔墨的书信成为传递情感的鸿雁，当表达与诉说成为生活的主题，当笔墨纸砚堂而皇之成为书斋的清供，我的内心亦随之起伏跌宕——我们的世界，也充满着无限的可能。

精致而雅洁的房子里，四壁是名人字画，周边陈列着精美的砚石与拓片，炉烟袅袅，茶气悠悠，老先生摇着轻扇躺卧在摇椅上，芭蕉冉冉，童孙绕膝。耳边不时传来西河戏咿咿呀呀的琴音与唱腔。

忽有客来，惊醒了他的梦境。北京的刘司令带着他的团队，刚从庐山上下来，参观他的藏砚。满室的砚以一种平躺的姿态呈现在客人面前。质地温润的庐山绿，手感细腻，色彩纯粹。危岩上山石林立，树木森然，茅檐书斋，冷月侵窗，夜话从分别后开始。问姓惊初见，称名忆旧容。炉烟正起，茶水分明。明明灭灭的炉火，时起时落的茶烟，数声寒雁，惊断了夜话的人。题曰：雁去风烟净，孤帆苇影寒。围炉添夜话，门外月如霜。《草堂夜话》的意境是梦幻也是现实。

渔人肩负钓竿，离舟向晚，一爿茅舍，搭建在山水交汇处，清流汩汩，古木森森，漫天飞雪的时空，映照着渔人归舟的晚途，也撑开了天地玄黄，天也是地，地也是天，天地一片雪白，一片浑茫，回看小舟，积雪如山。有人题曰：暮云成雪近江州，一砚无波漾碧流。闲负钓竿归去晚，回身积玉满孤舟。《暮云成雪》的诗话意境从砚面的一侧飞上了《晓雪江州》的封面。

砚台是文人案头的良佐，亦是其居所的门楣。以砚为题，将居所构建成一个砚台的世界，是"十砚老人"无意之中落下的棋子。退官隐居后的黄莘田以诗人的名义，予他心爱的十方砚台以诗的名字与意涵。其云："美无度""古砚轩""十二星""天然""生春红""著述""风月""写裙""青花""蕉石"等，皆庋藏于"冻井山房"中。冻井山房因十方名砚的入驻而更名为"十砚斋"，故诗人又自号"十砚老人"。为了让每方砚台得到有效的呵护，诗人别出心裁，"买婢数人，夜则分其砚，卧而拥之"，让每一方佳砚都能得到美人身体的滋养。古人云，温润如玉，黄莘田的痴情是直接将其温润成了美人，他的十方名砚个个温润成玉，砚美如花。张岱说，人无癖不可与交，以其无深情也；人无疵不可与交，以其无真气也。此老癖疵分明，是其深情真气的自然流露。据说他的"十砚斋"在福州市光禄坊早题巷，民国二十四年，郁达夫曾入住于此，亦沾有其门下风气，成就其大家风范。可惜我晚生了近三百年，不能亲临其门前立雪，成为门下走狗。三百年前的你是我的前世，三百年后的我是你的再生。

玩砚不过是玩个情趣，最能彰显出主人的学养与情怀。有清以来，玩砚藏砚者日甚，其有影响者除皇家《西清砚谱》外，以纪晓岚的《阅微草堂砚谱》与高凤翰的《砚史》为最。不久前西泠印社拍出了纪晓岚的一方缺角砚，竟拍出 506 万的天价。在古玩市场如此疲软的当下，着实提振了不少勇气，也为玩砚的同仁们以不小的安慰。

《阅微草堂砚谱》是纪氏于工作闲暇之余，雅好笔翰，搜罗收藏的部分砚台，当时并未出版，只是到了后来，其子孙据其所存拓片整理后才得以刊行。共收录一百二十六方砚台，其质地有端石、歙石、淄石、盘古石、松花石、澄泥等，品类相杂，良莠不齐。但一生好制砚铭的纪大人却能点石成金，化腐朽为神奇，将铭文做到，亦庄亦谐，亦诗亦文，集文史砚论记述志趣修为为一体，书法也是丰富多样，楷篆隶行草，无一不精彩。据说纪氏常于书法一途自谦有余，好在他与同时期的刘墉、翁方纲、桂馥等交往密切，有时几个朋友一起赏砚玩砚，数人一道完成一方砚台的铭文制作。事实上，纪氏的书法水准并不差，只是对自己的要求太高了，因为他深知，放在砚铭之中，面对的不仅仅是自己与当朝的人，更多的时候是要面对历史，面对时间。足见古人的审慎与苛刻。也为后人提了个醒，谨慎对待，一诺千金。

有人说，砚以铭贵，大概是砚铭最能反映一方砚台的价值吧。古人从什么时候开始在砚台上做铭文，现在很难说清，这有点像在名画名帖后的题跋，有想法的人多了，自然有了题款，砚铭也许小众一点，但也常于不经意处涂鸦几字，或记日月，或记品类，或记赠诗，或记意境，或记大事，或记小趣。既是文学，又是历史，更是书法篆刻，虽偶留雪泥鸿爪，砚中一斑，却也能镌刻山河，流经日月。自东坡之后题砚书铭者不计其数，米元章（米芾）亦好此道，至纪晓岚已达极致。以纪氏的才学与见识，题铭作诗，信手拈来，皆成大构。清人梁绍工云："铭之为体，于诗词外另具笔墨。"

几次去北京，都未能去访问纪大人的故居，看看阅微草堂，有些遗憾。据说现在已改为餐厅了，不知是否是真，北京的友人几年前就预邀我，要在那儿请我喝酒。每每想到有这样的邀请，内心不免五味杂陈！人有聚散，月有盈亏，砚亦犹人有聚散，心随流水逐江波。名家遗砚，有如修行者涅槃后留给世人的舍利子，砚落何方，皆是命数，价值几何，岂是拍卖纪录所能涵盖的？

谢谢你，兄弟！在阅微草堂约酒，还能邀上纪大人吗？

二〇二四年八月十五日中秋节

最后的遗憾

他立在地狱之门，久久不肯迈入。我想他一定是在拒绝死亡。

面对道师轻轻地诘问，他居然睁开了紧闭的双眼，他听得那么真切，仿如一片黑暗之中闪出幽幽的蓝光，或是寂静之中有针芒坠地，清脆得有如耳语：你这一生还有什么遗憾吗？这是道家在超度任何一个生灵时必不可少的程序。他似乎等待了很久，内心重又翻起了阵阵狂澜。我还有什么遗憾吗？他嗫嚅着，重复了道师的问话，是在自问，又像是在反问。道师微闭的双目始终没有闪动。他的眼皮倒是动了动，没有睁开，他开始有了些意识的回流，他努力回忆着自己是谁，现在在什么地方，他意欲何往，意欲何为？刚才道师的问话，对他是个敲击，他似乎忆起了什么。

朦胧中那个熟悉的身影又在眼前浮现：婀娜的身姿有如风吹杨柳，温婉的面容带着几分愁寂，一双蹙如黛山的眉下，眼睛不时闪着泪光。他们从小青梅竹马，形影不离。在他眼里，茂姐对他的关爱是那样体贴入微，无人能及，那份呵护更是无人可替。这一切都看在父亲的眼里，也许是天意眷人，他们很快便在长辈的关爱与撮合下，终成眷属。从此，"王子与公主"过上了幸福美好的生活。

谁知"王子"与"公主"的命运多舛，并没有人们想象的那么完美，尽管他们一个是出身东晋王谢庾桓四大望族之一的王家，一个是著名大臣郗鉴第二子郗昙的女儿。他们结婚不到半年，双方父亲就相继去世。"王子"是王羲之第七子，小名官奴的王子敬，一生风流倜傥，才气过人，其书法更是当朝一绝，与其父合称"二王"；这一切被当朝的新安公主看在眼里，爱在心里。"王子"的潇洒不羁，牵动着公主的心，公主在皇帝面前哭诉，无论如何，这一生就是要嫁给王子敬。

皇帝认为荒唐，你已嫁人，官奴亦有家室，怎可嫁他。公主生性刁蛮，不管不顾地一哭二闹三上吊，把皇帝搅得很不耐烦。公主原是嫁给了当时权倾一时的大司马桓温的次子桓济，桓济并非安分之人，行事常常是想一辙是一辙。一次他竟密谋谋杀自己的亲叔父桓冲，事情败露后留给这位驸马的就只有流放一条路了。于是公主与驸马离婚，还公主以自由之身。公主的内心又泛起了美好的遐思。翩翩公子，白衣书生，清谈雅聚，玉笛飞声，王子敬的风流蕴藉，让时人惊羡；锦裳玉食的公主，闭月羞花，莲风款步，体态婀娜，眉目含情。当她把心事再一次向皇帝哭诉时，皇帝只得利用皇威召来王子敬，言明圣意——赐婚。一般说来，这是天降的大好事呀，事呀，是祖上修德祈来的福。但在王子敬这里，让他万分为难。家中贤妻，青梅竹马，两小无猜，一路走来，相濡以沫，举案齐眉。接受皇帝的圣意就意味着要放弃相伴十几年的发妻，这于心何忍，于情何堪？！今天这样的消息无异于五雷轰顶，晴天霹雳。他早已忘记了自己是怎样回家的，等他醒来时，已是第二天，妻子守在他的身边，一刻也没有离开。妻子不明真相，问以何故，他怕说出真相，妻子受不了，他唯一能做的，只有自戕。万般无奈下，他烤坏了自己的双足，以此来上呈谢表，婉拒圣恩！

公主并不买账，早就猜出了他的心事，一味地强调自己的爱情，就是你再失去双手，再也写不了"飘若浮云，矫若惊龙"的精美书法，也阻止不了我对你的一往情深，海可枯，石可烂，我对你的爱心不可移。公主的话，可以感动天地，却感动不了王子敬的心。但是皇权岂容挑战，圣意岂能违背，子敬一声叹息，让花树含泪，猿鸟悲啼。妻子看出了子敬的为难，她忍不住把一腔委屈化作万千柔情，反而宽解自己的夫君，反复劝慰道，顺从圣意是天道，违反圣意我们都活不成，爱情诚可贵，圣意不可违。你还是想开些吧。

在妻子违心的劝慰下，他听出了同样无奈的哀音，不是妻子不爱他，是妻子过度地懂得才让妻子舍己成仁，顾全大局。妻子是子敬的舅表姐茂姐，比子敬长一岁，子敬从小就姐姐长姐姐短地跟着喊着，姐姐太懂得子敬的心事了。自从结婚成家以来，夫妻俩如胶似漆，相敬如宾，且志同道合，意趣相投，经常是夫唱妇随，他们总有说不完的话，做不完的游戏，有时甚至彻谈到通宵，赌书消得泼茶香，当时只道是寻常。而如今，突然要离开，茂姐该要承受多大的委屈与压力呀？为了丈夫不再自戕，保全他的生命，懂事的茂姐无奈之下只能选择默然无语地离去，留下的只是一个背影，不停滞，不回头。此时的她，家道式微，家人已散，最后只有投靠伯父郗愔寄宿，成天以泪洗面，不久便抑郁而终。子敬亦是两眼发黑，泪眼模糊，他想喊，却怎么也喊不出来，他想哭，却哭不出声，这种欲哭无泪的悲怆让他痛彻心扉，几近癫狂。男儿有泪不轻弹，欲哭无泪摧心肝。眼见佳人离恨去，一泻清江泪阑珊。

在与公主相处的日子里，子敬的官阶逐级上升，甚至官至中书令。作为一个读书人，能官至极品，总还是光宗耀祖的大好事。修身齐家治国平天下，是每个读书人的梦想，但子敬早已失去了这份荣耀之心，他的世界始终是愁云密布，花树萧森，他常常是借酒消愁，只有到了他的书画与诗歌世界里，才像个正常的人。在书法的世界里，他是独一无二的"王"，他的书法让他插上了飞翔的翅膀，下同山寿，上与天齐。他把书法写成了诗，写成了画，写成了无限的自由与想象，他把自己的心思化作"绕指柔"的线条，看长风飞舞，看波掀浪涌，看彩虹横卧，看星汉灿烂。哈哈，放长空而独舞，揽明月而同怀。他把一腔热血挥洒长天，他把满怀悔恨寄情素绢。他甚至邀妓纵情，放浪形骸，写诗桃叶渡，留客秦淮边，让南京多一个渡口留后人怀古，让文化多一点深情遥寄相思……

朦胧中他似乎又听到了那句话：你这一生还有什么遗憾吗？是啊，我这一生享尽了荣华富贵，高官厚禄，在父亲与众兄弟姐妹的教导引领下，我的书法是众兄弟中最为优秀的，也是当朝当世独一无二的，有人把我的书法与父亲同比，更有甚者，甚至说出"小王胜大王"的话来，我自知天资聪颖，勤奋有余，是父亲眼中最乖巧聪慧的儿子，从小父亲就身传口授，让我获益良多，进步飞快。父亲亦颇为慰怀。我想，把书法当艺术的人实在是傻瓜，他们哪里懂得，我手中的一支笔，不过是我游目骋怀，寄情山水，遥托素心的工具罢了。写篇诗章寄怀诸友，写通手札寄给茂姐，告诉她，我是那样想你，想你时无往不至，无处不在，你的一举一动都融入我的书法线条之内，你的一颦一笑都在我的浓淡枯湿之中。书法是什么？哈哈，书法，什么也不是，除非让我的茂姐开心，能够开心就好，否则，什么也不是。你看，我开心吗？我不开心，我的茂姐呢？似乎也不开心，我要写通手札寄给茂姐，我要让她开心，这是最重要的，这才是书法真正的意义所在。畅意书写不过是书写技巧而已，深情表达才是我对茂姐的一往情深。她一定能收到的，她一定能懂我，她一定能开心，只有她才是我此生此世的千古知音呀。拿笔来！

思恋，无往不至。省告，对之悲塞！未知何日复得奉见。何以喻此心！惟愿尽珍重理。迟此信反，复知动静。

古人写信，也能那样直白，又是那样文质彬彬，一声思恋，摧人心肝，自己亦是悲塞，离别日久，不知何日重见，接此信后，望及时回复，让我能知道姐姐的一举一动，一颦一笑。怎么样，读懂了吗？有人读得懂，他的茂姐是收信人，茂姐是他真正的知音。再写一通：

虽奉对积年，可以为尽日之欢，常苦不尽触类之畅。方欲与姊极当年之足，以之偕老，岂谓乖别至此。诸怀怅塞实深，当复何由日夕见姊耶？俯仰悲咽，实无已已，唯当绝气耳。

书毕，他掷笔扬袖，喟然长叹。如今，这两通手札收录在《淳化阁帖》卷十中，成为王献之的传本法帖，读这样的法帖，让后人透过书法线条穿梭间的流美，读出当年子敬对茂姐的一往情深及深深悔恨。

他耳边似又有声音在撞击他的耳膜，不用多问，他明白，他说，不觉有余事，惟忆与郗家离婚。他知道，面对死亡，他早已视死如归，但他唯一的遗憾就是无法面对那个曾经爱他至深至切的人。不觉有余事，惟忆与郗家离婚。轻轻的几个字，道尽了他心中不尽的悔，无限的憾。这年他四十三岁，正是一个艺术家最为光鲜灿烂的年华。

多少年过去，多少故事前缘如影子一般通过书法线条又在眼前重现……

二〇二二年二月十六日

濂溪浣浣

清明节前两天，去了趟濂溪先生的墓园。正好赶在下班前的半小时，拜谒了仰慕已久的这位圣哲先贤。

晴阳与微风相并，带来一些慵懒，路上少有游人，一座小桥，恰好架在不大的一片湿地之上，溪流而过，有潺湲之声入耳，更多的是野花杂而幽香，佳木秀而繁阴，葱郁的古木丛林之上是高大的脚手架悬空而立，俯视着架下的墓地亭园，与流水野花杂然一类，尽管有些突兀与相悖，但毕竟是现实。我努力规避着镜头里的脚手架与现代建筑，让一些自然花木留有相对幽静的空间。

濂溪先生终生与庐山有缘，原本湖湘道州人氏，因政务之便，几次到访庐山，一有空暇，便徜徉其间。早在诗人任南昌知府时，就曾与友人到庐山游览各处胜景，在游至北山莲花峰时，见溪流浣浣，曲折延展，便欢欣雀跃，归心荡漾。也许是政治上的不得意，让他更愿意与山水相伴，沉浸在自己的精神世界之中，尤其到了晚年，决意终老匡山，先是将老母坟墓从润州迁移至庐山脚下，后是筑园溪流侧畔。因溪流之境与故乡濂溪相近，又因思家恋旧之故，遂取名濂溪，建濂溪书堂于其上，每日以读书讲学为要。

庐山的山水云烟让一代大儒有了栖居之所，更多的时候，让哲人的精神世界有了淬炼与升华，他所提出的无极、太极、阴阳、五行、动静、主静、至诚、无欲、顺化等理学基本概念，为后世的理学家反复讨论和发挥，构成理学范畴体系中的重要内容，终于成就了儒家理学根基，承上启下，为后来的程朱理学打下坚实的理论基础。"孔孟以来推此老，程朱之上更何人？"在中国儒学史、中国思想史上，周敦颐与孔孟、程朱具有同等重要的地位，被尊为"理学开山""道学宗主"。

认识濂溪先生是从那篇著名的《爱莲说》开始的。在庐山市东门涧，有一洼小池，有人告诉我，这就是爱莲池。我将信将疑，不能理解，至少与自己的想象大相径庭。但内心还是有些高兴，感觉古仁人之心离我不远，就在自己的眼前。

古代文人走向山水，是生活愿望的需要，也是内心世界的精神渴求，更多的时候是践行前人的命题，为人与自然的和谐共生作进一步的生命体验。庐山何其有幸，在恰当的时候，总是能遇到恰当的人，就在周敦颐感到身心疲惫的同时，庐山张开了双臂，迎接着这位风尘仆仆的封建小吏、文化大儒、哲学先驱。周敦颐又何其用心，在短暂的一生中，将君子人格的品位与莲花的清雅高洁凝固成 119 字的雅文，凹成一方小池，存放在庐山的周边，撒以千年莲坯，让她繁殖流衍，作为君子的形象铸就一道文化高标,同时自己也成为一个真正的君子形象,让后来的文人学者、道德修为者、从政者去正衣冠、知兴替、明得失、存高洁,在中华大地上生根发芽、布散繁衍。作为一个封建时代的小吏,要想在政治上有大的作为怕是很难,史书中列举的种种政声业绩多有牵强附会,不足为奇,也很难达到造福一方的实效,但作为一个文化哲人,他的哲学思想与政治智慧对后世的影响却是涓涓细流、润物无声,尤其上承孔孟,下启程朱的儒学理论与哲学根基影响了近千年,而且还在以不同的方式继续影响着后世后人。

他与庐山的交集与结缘离不开古代文人的诗样情怀与哲学归途。熙宁五年(1072),周敦颐不幸感染了瘴疠,辞官归隐定居在庐山莲花峰下,实现了他归隐匡庐的夙愿,正式过上了他的"与莲为伴,与菊为邻"的读书仰贤生活。

> 庐山我久爱,买田山之阴。
>
> 田间有流水,清泚出山心。
>
> 山心无尘土,白石磷磷沉。
>
> 潺湲来数里,到此始澄深。
>
> 有龙不可测,岸木寒森森。
>
> 书堂构其上,隐几看云岑。
>
> 倚梧或欹枕,风月盈中襟。
>
> 或吟或冥默,或酒或鸣琴。
>
> 数十黄卷轴,圣贤谈无音。

窗前即畴圃，圃外桑麻林。

芊蔬可卒岁，绢布足衣衾。

饱煖大富贵，康宁无价金。

吾乐盖易足，名濂朝暮箴。

濂溪书堂就建在这湾溪流侧畔，书堂外就是沃野田畴，桑麻匝地，每日面对着匡山翠色，濂溪清流，朝迎晨雾，暮送夕晖。白天为村童牧子授课，夜晚则神游物外远晤圣哲，虽粗粝蔬芋，足以果腹，桑麻夏布亦可暖身，只要手有圣贤卷，胸藏仁人心，生活自然过得舒心畅意，诗样华年，这段时间大概是他一生中最为开心惬意光鲜亮丽的日子。真希望这样的日子能长一些，再长一些。

三月僧房暖，林花互照明。

路盘层顶上，人在半空行。

水色云含白，禽声谷应清。

天风拂襟袂，缥缈觉身轻。

恍恍惚惚的身影在庐山的上下周边往来飘拂，如云如雾，如梦如幻，与山水相伴，与日月同行。这样的日子如流水般涌动，仿佛生命与周遭的一草一木，一山一水融为一体。每天一早醒来，莺啼芳树，花发东轩，书声入耳，琴音绕梁，时有鸿儒谈笑，时有浊酒村醪，再无案牍之劳形，不觉日月已远行。尽管我的愿望是希望长此以往，美好相续，但现实又是另一番境况，好景不长，没过一年，周敦颐就瘴疠发作，客死书堂。按照他的遗愿，葬濂溪侧畔，终生与其母相伴，与他同伴的还有他的两位夫人及匡山云雾、濂溪清流。

多少年过去，人们甚至觉得，先生并未远去，早已化身山间云雾，溪中清流缭绕在匡山周边。我在匡山南麓，蠡水北岸，守着他曾经播下青莲的一方小池，过着"朝看飞云夕迎浪，日谋稻粮夜仰贤"的读书生活，体味着先贤圣哲们的仁人之心，感觉自己有无限荣光，似乎也跟着先贤们光鲜靓丽起来。如今当地政府在其附近建起了周敦颐纪念馆，系统介绍周敦颐的生平事迹与理学成就，将莲花确定为市花。自周敦颐而后，人们甚至将莲花"出淤泥而不染，濯清涟而不妖，中通外直，不蔓不枝"的品行特质以君子的名义永远定格在中华文化的历史长廊之中，为后世后人以警醒与高标。

朱熹说：问渠那得清如许？为有源头活水来。

二〇二二年三月十二日于庐山砚人草堂

一生知己是梅花

应胡代生先生的邀请，几个横中的老同学来湖口石钟山走走。家门口的景点，又都不是初来，大家对山上的情况都很熟悉，没有必要过多介绍。在我的印象中，石钟山山体不大，名头却很大，位置更重要。它位于长江与鄱阳湖交界处，江湖锁钥，兵家必争之地。站在山上的清浊亭上，可以纵览江湖，水光山色，清浊两界，格外分明，郭沫若有云："水文黄赤界，峰影有无间。"更为有意思的是，当年苏东坡去汝州就任，顺便送儿子苏迈去饶州（即现在的德兴、余干、鄱阳等地）上任时经过此地，随手写了篇文章《石钟山记》，不料一下子把石钟山的名气炒了起来，近千年来，石钟山在文化江湖中的地位更加凸显。从此，再无人敢小觑"体不惊诧、貌不惊人"的石钟山了。

至于太平天国时期的曾国藩，与石钟山的渊源就更多了，历史毕竟只认可胜利者书写的文本，石达开与李秀成就是再叱咤风云，也只是"无可奈何花落去"。在此我也不想去翻阅那一段历史，我不喜欢那段历史。

尽管我不喜欢那段历史，但那个历史人物却是我萦怀已久，永远致敬的人。他对梅花的情结，成为其终生不辍的梦萦。说到这儿，可能大家已经猜出我在说谁了，对，他就是彭玉麟，一位被曾国藩誉为"兵家梅花"的"雪帅"。

彭玉麟，字雪琴，号退省庵主人、吟香外史，祖籍衡州府衡阳县（今湖南省衡阳市衡阳县），生于安庆府（今安徽省安庆市）。清朝著名政治家、军事家、书画家，人称"雪帅"，与曾国藩、左宗棠、胡林翼并称晚清"中兴四大名臣"（另一说为曾国藩、左宗棠、李鸿章、张之洞），湘军水师创建者、中国近代海军奠基人。于我而言，这些都不重要，"平生最薄封侯愿，愿与梅花过一生"，这诗句吟得爽利。

尽管彭玉麟一生戎马倥偬，闲暇之余对梅花是那样深情款款、情有独钟，一生吟梅数百首，画梅近万幅，据说是为了思念早年恋人梅姑所为。难怪彭玉麟号吟香外史，一生梅雪相依，人与境俱，宿命之中就是要吟声不绝，笔走蜿蜒，为情所生，为情而终。他曾发誓要用余生画十万梅花以纪念两人之情。他每画成一幅，必盖一章曰："伤心人别有怀抱""一生知己是梅花"。此种深情，几乎前无古人，后无来者，一生之中能与此君相遇，实在是一种幸运。

后来据学者罗尔纲考证，梅姑本是彭玉麟外祖母的养女竹宾，较彭玉麟年长几岁，论辈分，可以说是彭玉麟的长辈（阿姨），人称梅姑，彭玉麟称她"姑姑"。两人年纪相仿，青梅竹马，情愫渐生，至私许终身。后来，两人始终未有结合，表面原因是八字不合，真正的原因却是辈分之差。后来，在彭母王氏的主持下，梅姑嫁到姚家，四年后死于难产。彭玉麟闻讯后身心俱裂，哭吟"一生知己是梅花"。雪帅专致用情，诚非一般之人，能用一生的所有才情去爱一个人，这样的故事本身就是传奇。

"天涯何处最愁吾？梦绕孤山第一株。万里冻云天欲雪，相思频寄向西湖。"相传，石钟山上的梅花厅是彭玉麟为纪念情人梅姑所建，并在山的四周种植梅花六十余株，号称"梅花坞"，即石钟山著名旅游景点梅花坞。彭玉麟后在杭州的孤山与俞曲园相交善，诗酒相唱和，奉为至交，后又将自己的侄女嫁给俞的儿子，成为亲家，俩人更是对酒当歌，肝胆与共。

在彭玉麟的心目中，梅姑几乎就是他面对世间万物的美丽化影，是他决战千里、纵横上下的精神支柱，所以梅花在他笔下有多层意涵。他画的梅树，身姿虬健，铁骨铮铮，古拙苍劲。枝间的梅花，艳吐清蕊，生机盎然。"老干繁枝，鳞鳞万玉，其劲挺处似童钰"，为后人所称赏。特别是他的《墨梅图》更是冠绝，与郑板桥的墨竹齐名，被称为"清代书画二绝"。《墨梅图》以水墨绘一老梅蜿蜒横斜，上不见结顶，下不见根底，主干铁骨挺拔，周身苍皮藓苔，枯眼斑斑。虬枝曲折盘环，枝蕊参差交错，给人以老树繁花、生机勃勃的感觉。画上题诗，让人更能体悟到"儿女心肠，英雄肝胆"

的意境。如今古梅新绽，六十本梅花寄舫、卧雪吟香之馆珍藏的往昔风月，时时感染着每一个往来游客。我也不由得想起彭玉麟当年的《寄舫梅花杂咏》："仙风吹种出蓬壶，生就钟山六十株。不许红尘侵玉骨，冰魂一缕倩春扶。"这是他的梅姑神圣不可侵犯的一面。"美人骨傲铁为心，对雪宜横膝上琴。最是一生奇绝处，高山流水寄情深"，这是梅姑成为他一生知音与至交的另一面。

晚年的雪帅退居故里"退省庵"，失偶后的他再不肯续弦，过着吟诗作画的独居生活，身边除了几个老兵之外，几乎没有其他的人，他将平生所有积蓄全数捐给朝廷及当地百姓。他的诗稿奏章都是他死后由亲家俞曲园先生为其整理出版。曾国藩评其曰，千古两梅妻，公几为多情死；西湖三少保，此独以功名终。正如他自己所述："臣素无声色之好，室家之乐，性尤不耽安逸，治军十余年，未尝营一瓦之覆，一亩之殖，以庇妻子。身受重伤，积劳多疾，未尝请一日之假回籍调治。终年风涛矢石之中，虽甚病未尝一日移居岸上""臣以寒士始，愿以寒士归"。世人都以功成名就为寄，此老不以寒士为贫，反以寒士为贵，本为高官，不以厚禄荫蔽子孙，却以梅为范，崇尚梅雪精神，成为世上少有的高节名士。

如今雪帅已去，英雄不再，如玉的美人纵是风情万种，也难见当年风姿，惟有满树梅花清作雪，疑是惊鸿照影来。我辈平凡若素，在朋友深情介绍下，不免多滞留些时刻，望着曾经

的"太平遗垒",如今的"昭烈祠"发呆。我想,人一生应该
怎样度过?雪帅为后人作出了最为深情的回答:光明磊落,襟
怀天下,又情愫依旧,终生不弃,如此高格,品若梅花。

"英雄气概美人风,铁骨冰心有孰同。守素耐寒知己少,
一生惟与雪交融。"

二〇二一年十一月廿日

空庐尚存

庐山匡俗，字子孝，本东里子，出周武王时。生而神灵，屡逃征聘，庐于此山，时人敬事之。俗后仙化，空庐犹存。弟子睹室，悲哀，哭之，旦暮。事同乌号。世称庐君，故山取号焉。

（晋周景式《庐山记》）

这事发生在春秋战国时期，距今已有二千年。当年周威烈王以安车迓匡俗时，已是隆重且热烈，但匡俗却屡逃征聘，不愿意做官。

在他看来，做官有什么好，比起这一片青山绿水来，实在是微不足道。尽管周威烈王勤政爱民，在老百姓心目中是个明君，口碑不错，只是时过境迁，早已不是当年的周天子了。如今诸侯争霸，狼烟四起，国无宁日，民无安生，何况离尧舜已远，谁又是圣主贤君？猛以刚果曰威，有功安民曰烈，这个谥号足以说明这位周天子在历史上的地位。在万般无奈之下，屈辱地认可了"三家分晋"，司马光认为自此结束了历史上的春秋时代，转而进入战国时期。《资治通鉴》就是从这儿开始着笔，进而转入浩浩荡荡的历史长河，司马光还为"三家分晋"一事发表了长篇感言。

周王使用自己的座驾迎迓匡俗，从礼遇上说已经到了天花板级别，周王的专用座驾配置也是天花板级别，有盖屏蔽户牖，有帘遮挡风尘，扬鞭一起，威风八面，以达尊贤敬老之至。匡俗并非不感激周威烈王的礼贤下士，无奈自己早已志不在此，于是便以各种理由向周王诉说着自己的难处，或者干脆一走了之，逃到长江边上的这座山上。

山在虚无缥缈间，轻烟缭绕，碧波泛绿，他的心悸动了。"我行过许多地方的桥，看过许多次的云，喝过许多种类的酒，却只爱过一个正当最好年龄的人"，沈从文这句话用在匡俗对庐山的第一印象上是再好不过的。世界把山水荡漾给我看，它有多大的秘密，就打开多大的天空，这样广阔的山水与天空，正符合匡俗的心意。山水最大的好处就是能怡养天性，抚慰心灵。以匡俗的心智与才情，一定会寄一处山水，结一椽草庐，然后餐霞饮露，侣鱼虾而友麋鹿。匡俗来庐山修道，更多的时候是践行老师李耳"道法自然"思想，为此，他更加钟情于山水万物，与天地同体，与万物齐观，寄诗情于群峰众壑，悟大道以自修教化，与大千世界融为一体。

他的草庐结在山岩洞穴间，绿苔茵茵，芳草萋萋，不远处有水滴泉滋，泠音不绝。树高万丈的古木老林，遮挡着岁月的阳光与风尘，使这里更加幽深宁静。沿山的小径，乱石横斜，高低错落，有时一截枯木，桥通南北，那些蕨类草本长在小径的两旁，茵茵碧绿，为鸣虫舞蝶的栖身之所。这里到处是山花野果，莺歌燕语，这样的草庐半是山岩，半是草木，用极为原始的架构构起了与天地万物的生息及共存。放眼而望，人寰已是渔家星火，孤光自照，山乡野磷，幽暗不明，长天更是星月灿烂，云影无翳。草庐外虫鸣唧唧，虎啸猿啼。如果此时就月览卷，也许就是悟道忘机。

据说他来此之前就遇上了一位老师，"师老聃，得久视之道"。这实在是他的幸运，老聃就是五千言巨著《道德经》的作者李耳，后人称之为老子，亦是道家的开山鼻祖。匡俗有机会拜谒在老子门下可不是缘分吗？

久视之法又是什么法呢？老子在《道德经》第五十九章中是这样阐述的：

治人事天，莫若啬。夫唯啬，是谓早服；早服谓之重积德；重积德则无不克；无不克则莫知其极；莫知其极，可以有国；有国之母，可以长久；是谓深根固柢，长生久视之道。

余秋雨先生在《老子通释》中是这样翻译的：治人，事天，都应该"啬"。由于爱惜到"啬"，就能早有准备，重在"积德"。重在积德，无所不克，无所不克，莫知其极，莫知其极，便可以治国，治国有根，可以长久。这就叫做深根、固柢，乃长生之道。在这一章节中，老子前半部分讲治身，包括通过修行积德达到的长生久视以及得道的境界，后半部分是用治身的理论来治理国家，使家健康长久。匡俗在老子门下修道多年，深谙修身与治国的关系，故得久视之法。匡俗为什么既学了修身与治国之法，又不致力于经生济世之功呢？这就要看道祖的用意与宗旨了。本质上说，道家是以入世的理论做出世的功课，教更多的人学会与大自然相处，也许正是这一点，中国的先哲们最后终将走向山水，走向大自然。

到了东晋时，一个叫陆修静的道士循迹而来，在庐山脚下的布袋崖建起了他的简寂观，一为传道，一为静修。他十分重视道教斋仪的作用，制定"九斋十二法"的斋醮体系，不仅使道教斋法有了系统的仪式戒科，而且使斋戒仪范的理论更加完备。他还把道家的思想与文化进行系统的梳理与编排，"祖述三张，弘衍二葛"，延续了老庄一脉的道家学说，著述丰厚。明代有个游方道士云游至山南的白鹿洞书院，有感于秀丽多姿的山水景色与朗朗书声，忽然诗兴大发，却无纸笔，向书院中的书童转借遭到冷遇后，大为不悦，久久不肯离去。于是寻遍周遭才找到溪中的蒲草，和着黄泥，在山岩上直书一通，最后的落款是紫霞真人。书童发现后赶紧叫来山长，方知是个域外高人，书童还在悔恨着自己的有眼无珠，山长却安慰说，没事没事，没有你的误会，哪有这么美好的书法与诗作，更何况平添了一个佳话。于是山长叫来众人，将石上的诗书进行摹刻，勒之于石，以传后世。我每次来白鹿洞书院参观，总要立于石碑前反复咏读，尤其偏好这首《游白鹿洞歌》中的最后一句："空山空山即我屋，一卷黄庭石上读。"以天地为庐，以空山为屋，有意趣更有气概，也成功阐释了"空庐尚存"的意境，这就是道家朋友的可敬可爱之处。

我想起二百年前的美国作家梭罗，他远离众嚣，独自一人来到幽僻偏远的瓦尔登湖畔，以最原始的方法搭建起自己的小木屋，每天"朝看飞云夕迎浪，日谋稻粮夜仰贤"，与大自然为邻，与众生万物为伍，一本《瓦尔登湖》，奠定了梭罗在世界文学史上的地位，也让他成为一位人人崇拜的哲人。

说实话，我没有寻庐的意思，越是能寻到的"庐"，越是不可信服。一个草庐能存在个十年八年就已经很不错了，何况是建于几千年前的春秋战国时期。这空空荡荡的草庐究竟存于何处，起于何时，已经不重要了。但仙人渺去，故址难寻，聪明的后人自有办法，为了平复这份惦念，便将玄机涂满整座仙山，望仙唤作匡山，望庐唤作庐山，大概这样可以抚慰更多人心中的思念吧。这样的传说有些无奈，又有些仙气飘飘，既得了一个风雅多趣的山名，更安抚了万民众生的焦渴心绪。从此，山因名传，名因山立，山人相合，融于一体，不失于一次最为长远的深情。

二〇二三年正月初四凌晨于抱一轩

黄鹤一去今又来

一

来武汉不登黄鹤楼算不上真正的武汉客。来黄鹤楼能让人不联想到崔颢的那首不必引述的诗与李白的那句似是而非的感叹："眼前有景道不得，崔颢题诗在上头"怕是也有点困难。可见"江山也要文人捧"的名言着实不虚，纵然没有好的传闻，编几个与文人有关的故事也是好的。"李白搁笔"的故事广为流传，但有很多人质疑，认为其真实性可疑，传说居多。但李白以崔颢的制式作诗不假，最为明显的《登金陵凤凰台》，开头就是"凤凰台上凤凰游，凤去台空江自流"模仿得这么明显，证据凿凿，确非一般。李谪仙也不争辩，但凭后人评说。

这次登楼，距上一次已时隔二十七年。来武汉更是有些奇特，不为旅行而来，却游了不少景点，本想探访住院的好友宝哥，却关卡重重，差点都见不上面。陪我们几个庐山来客的正是在武汉打拼多年的庐山老乡查胡林先生。查先生早年在此当兵，转业后自主创业，在武汉开起了自己的园艺公司，为人真诚热情，平生好交朋友。我们到的第二天，就陪我们游览了黄鹤楼。

黄鹤楼景色依旧，游客如织，循着游观的线路逐级登楼，往返的线路成了回环，最大限度地疏通了游客流量，随着人流的涌动，怕是寸距也难保持，想在某个层楼作短暂遐观都有些困难，遑论觅一隅静处把盏对酌。环睹墙壁上的历代名贤吟咏，本也想吐露几句，觉其清浊不定，只好放弃。顺着人流继续流动，登上顶楼凭栏独览，一江横亘，舟帆远影，俯视楼底，万头攒动，长天浩远，车水马龙，古之情怀，今之繁涌，骤然相会，相互交织，不怕你登高独览时毫不在意，不怕你身居红尘处不嚣尘迹，怀古的幽思与抚今的慨叹，总能让你有所感触：

> 东南荆楚开新埠，极目江天一望收。
>
> 万里长江奔赴眼，千秋时岁劝登楼。
>
> 乘仙黄鹤归何处，载月白云肯旧留？
>
> 大浪淘沙非有意，匆匆行迹尽车流。

二

回来后再读苏东坡，有一首词让我往复，在他被贬黄州的五年间，虽时有登楼，更多的时候是临江望楼，思发浩渺，此中滋味，怕是一言难尽。1081 年的暮春，这是苏轼谪居黄州后的第二年，经寓居武昌的殿直王天麟介绍，认识了鄂州太守朱寿昌。朱太守对被贬黄州的苏学士多有同情且相惜之感，尤其东坡艰难的生活处境让朱太守常持怜惜之心，因而在生活中多有接济，时有馈赠。苏东坡又是个性情中人，平生乐善好施是他的本性，没想到自己混过大半辈子却成了被别人接济的人，每受馈赠总是万分感念，却无以为报，内心总是惴惴不安。一次朱太守在黄鹤楼邀友小聚，趁着酒兴，东坡即兴挥毫，赠了太守一首《满江红·寄鄂州朱使君寿昌》，算是对多年来的知遇与关照的一份谢忱。

江汉西来，高楼下、葡萄深碧。犹自带、岷峨雪浪，锦江春色。君是南山遗爱守，我为剑外思归客。对此间、风物岂无情，殷勤说。

江表传，君休读。狂处士，真堪惜。空洲对鹦鹉，苇花萧瑟。不独笑书生争底事，曹公黄祖俱飘忽。愿使君、还赋谪仙诗，追黄鹤。

词中的高楼即指黄鹤楼，尽管此词并非主叙黄鹤楼，但词人借楼起兴，倚楼对谈，近观葡萄深碧，远思江汉岷峨，尤其与朱使君的友情相宜，真诚以待更是让后人感慨。其实此词气格豪迈，风韵华章，外谦而内执，思古而不伤今。读东坡词，多呈机智，时见幽趣，生活平常事，却道圣贤书。我常常想，文人写点诗词文章作为平生交际算不了什么，比不上宴席千盏、豪掷万金，但事情往往怪异，宴席千杯终有尽，豪掷万金亦有时，而毫不起眼的几行文字，随着吟诵的声音偃旗息鼓，随着书写的纸张岁染蜡黄，或沉于箧底，或匿于烟云，偶尔有人翻出忆起，觉得沉于时空的往事生动有趣，再拿来读，不仅字字珠玑，更可爱的是，往事如雾如烟却又聚烟如影，悉在当前，让更多的人凭追往事，话忆当年。然后成了你我的谈资笑料，法效先贤。文化的软实力也许就是这样一点一滴地渗透与濡养着你我，此时才真正感受到古人的智慧。真是要感谢当年那些看起来并不起眼的几行文字和那个有点落魄但又不失气度的诗人。

三

其实，赠词的对象朱寿昌先生，不仅是鄂州太守，官居四品，而且在历史上是个时代典范，孝子骄儿。他"弃官寻母"的故事被载入《宋史》，为"二十四孝"之一，为当朝后世的人生楷模。朱寿昌的父亲朱巽是宋仁宗年间的工部侍郎，其母刘氏是朱巽之妾，寿昌为庶出，幼时，刘氏被朱巽遗弃，从此，母子分离。朱寿昌长成之后，荫袭父亲的功名，出而为官，在几十年的仕途中先后做过岳州知州、阆州知州等，然而他一直未得与生母团聚，思念之心萦萦于怀，以至于"饮食罕御酒肉，言辄流涕"，母子分离后的五十年间，他四方打听生母下落，为此他烧香拜佛，并依照佛法，灼背烧顶，以示虔诚。宋熙宁初年（1068），听人说他母亲流落陕西一带，嫁为民妻，他又刺血书写《金刚经》，并辞去官职，千里迢迢，往陕西一带寻母，并与家人道："不见母，吾不返矣。"朱寿昌终于在同州找到了自己的生身母亲，当年母子分离时，寿昌尚年幼，五十年后重逢，老母已七十有余，寿昌也年过半百了。原来，寿昌母刘氏离开朱家以后，改嫁党氏，又有子女数人，寿昌视之如亲弟妹，全部接回家中供养，有人将朱寿昌弃官寻母之事上奏神宗，宋神宗得知后，令复原职，同时，名公巨卿如苏轼、王安石等争相赞美其事。从此，朱寿昌"弃官寻母"的故事遍传天下，孝子之名得以传扬遐迩。

当然此是后话，东坡作此词时，朱寿昌正任鄂州太守。平心而论，我是通过东坡这首词认识朱太守的，他的"弃官寻母"的故事我才听到，还是这次重读此词时，发现他品行端方，德为世范，更让我肃然起敬。我读书太少，抱歉。

四

东坡作此词时是四十六岁，来黄州也已经有一年多的时间了，从生活环境到心理调理，早已有了"黯然偷换"的迹象，从那个夜月孤桐的寂寞沙洲到时下江汉西来，高楼下葡萄深碧，心情为之一变。这种变化最为明显的就是人的精神面貌有了朝气，人的内在动力有了新的源泉，人的内心世界有了色彩与温度，这种力量还在不断增加，让一个对前途失去信心，对生命失去意义的伟大诗人有了精神支柱与内在动力，这是多么伟大而重要的事情啊！让一个诗人"起死回生"，照此而往，这个诗人一定能在不远的将来在历史和文化上迸发出惊人的能量。

此时的东坡吟唱着"犹自带、岷峨雪浪，锦江春色。君是南山遗爱守，我是剑外思归客。"既在怀乡，亦在怀古；"愿使君、还赋谪仙诗，追黄鹤。"既在祝愿，亦在寄怀。

一年后八月的某一天，东坡独自一人又一次来到江边，面对滔滔不绝的江水与渺渺难尽的历史长卷，家国情怀，风流人物，个人命运，古往今来，千头万绪，数种悲情，涌上他的心头。他那标志性的音色，与江山画卷同色，与长河大江等宽，《念奴娇·赤壁怀古》横空出世，亦如长河大江奔涌而出：

大江东去，浪淘尽，千古风流人物。故垒西边，人道是，三国周郎赤壁。乱石穿空，惊涛拍岸，卷起千堆雪。江山如画，一时多少豪杰。

遥想公瑾当年，小乔初嫁了，雄姿英发。羽扇纶巾，谈笑间，樯橹灰飞烟灭。故国神游，多情应笑我，早生华发。人生如梦，一樽还酹江月。

每次读东坡此词时，内心总有一种无法言说的愉悦，坡仙的那份情怀涌动，"愿使君、还赋谪仙诗，追黄鹤"的寄语已然在不知不觉的吟唱中达到了意想不到的高度与广阔，不仅是"追"，更是逾越。

二〇二二年十二月

窗含西岭夕阳天

冬日的山上有些岑寂。往日游人如织的景象已不复见，取而代之的是冬日的树影凋零落半，一些枯枝杈丫其间，撑着些云霓雾霭留在山际。留与不留，风说了算，雨说了算，好在风没来，雨未至，树留云影是树的一怀心事，树有情而云无意，终究是多情公子空劳牵挂。湖岸的积叶遇上独步的脚印共奏秋日的挽歌，阳光着彩，温暖了午后的风，洒些碎片在湖面，直接渲染着不同的色彩与情调，一半是金光铺面，一半是碧水蓝天。湖的那边就是仙人洞和锦绣谷了，我没有去，只远远地晃了几下，就回转身去。有人在喊我。

这是入冬以来，山上所特有的晴暖，准确地说，是庐山西岭如琴湖畔所特有的景致。上山时朋友就说，今日宜登高，宜访友，宜饮酒。仿佛他们几个出门，翻到了黄道吉日。

午后的阳光还是穿透了临湖而设的"匡境·可以居"，坐在玻璃透窗的茶台前，一边品着大月山人亲手泡制的山茶；一面迎合着穿窗的阳光，优游卒岁。橙黄色的茶汤漾在透明的玻璃盏里有些诱人，直接激活了因酒而昏昏欲睡的我，几杯下肚，好像睡意更切，朦胧中与云一般同悠，世界在摇晃中变得更加缓慢。

不久前庐山西岭新开了一家民宿——"匡境·可以居"，让我有些激动，从装修风格到室内陈设，从内心诉求到文化品位，都充满着人与自然的亲近与和谐。陈政先生不久前专文论述"可以居"中的"可以文化"现象，一个不轻不重，不刻意更不随意的名字，让人一见倾心，再见难忘，有兴趣的朋友可以对照查看。我今天对"匡境·可以居"中的"匡境"聊聊我的感想。

匡境一词，由两个独立的汉字构成，匡即匡山，意指庐山。相传庐山得名于春秋战国时期的修道高士匡俗，境，可以理解为环境,意境,诗境,核心价值是一种新的境界。匡俗结庐此山，修身养性，成仙而去，空庐尚存，亦当以匡俗之境为修为的准则，与整屋侘寂风的"可以居"组合而成，既见实体，又现高格，望名生义，也让人联想多多。如果你有时间参观一下"匡境·可以居"，你会更加确定，"可以居"与周遭环境的融入是精于设计，归为自然。

一楼的大厅可茶可禅，冬雪将至，亦有围炉可供夜话；春风及第，新泉春雨共茶气飘香。内置一榻，悬之于壁，期待高朋，进一步上演"徐孺下陈蕃之榻"的传奇。层楼之上，更有临窗设席，湖光山色，夕影红霞尽收眼底，二三好友，临窗对酌，此乐何极。

在庐山，观日出莫若含鄱口，万里云涛，一轮红日，极为壮观。若论观赏日落，还是在西岭如琴湖畔为最。每到傍晚时分，总有不少的人来湖边眺赏晚霞。夕阳西下之际，天空中的云霞时刻都在变幻着色彩与造型，一些远道而来的朋友，唯恐错失了天赐的良机，又是拍照，又是录像，云霞的聚集处，总是堆云积彩，暮色苍茫，充满着神秘的诗性。这让我想到了刘海粟的泼彩，国画大师十上黄山，有感于黄山的日起日落，以独创的泼彩之术，写黄山的万千变幻，成为中国绘画史上的一大奇观，也感动了无数人。但面对庐山西岭的云涛万卷，彩霞千重时总感到少了点什么。法国印象派画家莫奈在塞纳河上描绘日出日落的情境时总是叹道，我无论如何也抓不住那日影中的一瞬，那种光和色的影子无时不在变化。

记得几个月前这里就举办过一场小小的茶会。午后的阳光透过厚厚的云层，均匀地布洒下来，一些秋意浓浓的树木又撑开了不小的天地，让大小茶席自由分布开来。山风吹过山谷，拂过湖面，摇荡着树枝树叶，发出不同的韵律，和着鸟鸣，和着秋虫，一切反而变得静谧而安详。

茶壶冒着热气，缭绕在茶席的四周。大家都不说话，静静地观看着茶艺师一招一式的茶艺表演，动作缓慢而优雅，从容且自信。衣着传统装束的工作人员递送些水果、糕点之类的小食品，色彩斑斓，精巧无比。隐隐中传来流水之音，滴答声，汩汩声，伴着山风而来，大家低着头，若有所思，谁也不知道声音从何而来，只有等到一声清丽的长箫乍起，人们回过头去，看着廊道下一男一女的琴箫合奏，才如梦方醒，豁然开朗起来。一个高挑身材的男士衣着长素，项披红巾，长袖阔步跳起了禅舞，一招一式，随风而扬，流畅且坚定。

　　茶艺师分盏的红茶已经泡过几轮，才喝出些味道，比起初泡时带着沸水的躁性而绵柔更永。湖风微漾，日影渐移，茶会一直持续到日暮时分。面对夕阳西下，红霞满天的场景，陈政先生说，这里是夕阳的故乡。众人不解，陈先生又随口吟出一句：云霞深处是我家。众人方知这是当年朱德老总的诗句。全诗是这样的：

　　仙人洞中看晚霞，云霞深处是我家。长江送来滚滚水，夜里凉风动浪花。

　　很显然陈先生是借老总诗意指此为观霞赏霞的绝好去处，而从吟诵的诗句中也可以读出朱老总内心的惬意和满足。

　　同样是在仙人洞，毛泽东主席的晚霞情怀或更为丰富。就在二十世纪六十年代的某一天，毛泽东主席来到庐山仙人洞前，看到暮色中的落日及落日下的孤松，内心深处涌起一番别样的感觉。尽管世界风云变幻，激流涌动，在他看来，保持自己的定力比什么都重要，而眼前的孤松所显示出的力量让他有了知音之感，于是有人以此为照，请他过目或是索题，也许是内容触碰了心事，也许是心事巧遇了情境，总之，万事俱备，只欠一次振笔作书的挥洒：

　　暮色苍茫看劲松，乱云飞渡仍从容。天生一个仙人洞，无限风光在险峰。

　　旁题：为李进同志题所摄庐山仙人洞照。大开大合的书法结体、笔走龙蛇的线条与充满哲思的诗句就在这乱云飞渡中完成了一次有机的融合，创造了书法与诗歌史上的奇观，影响了一代又一代的中国人，也为人文圣山的文化内涵增添了不少亮色。

　　现在想来，很多的诗境是需要一种机缘来创造的，如果没有那一次的题照，庐山的夕影就少了一种苍茫的力量；如果没有了这首小诗，也许庐山的诗库总量算不上增减，但庐山的内涵却少了一种特有的淡定与从容，因为这是以伟人的气质赋予山水的气质，以诗人的情怀丰富着彩暮云的质感。

二〇二三年十月廿九日于抱一轩

四面芙蓉开

坐在临湖的木台上，看霓虹彩影映照在水面上，悠悠晃晃，闪烁不定。木台远远伸向水中，有如木兰之舟。所有的灯光都只是一片朦胧的光柱，在湖面上揉碎、折皱、重叠，色彩还是原来那个色彩，但字迹早已不是原来的字迹，变化成另一个完全不同的面目了。

四面的荷叶荷花荡漾开去，一直延伸到湖的对岸，荷丛中偶露的荷苞，隐在碧叶之中，星星点点，欲开未开，一副含羞待放的姿态。风，轻轻地贴着湖面吹来，吹皱一池凝练的水波，白天也许是青翠碧玉，此时只能是深黑凝胶了。时有鱼游，涌出粼粼浪迹，不时跃出水面，溅起一身浪花，闪出白色的光，在空中腾挪，打个招呼，倏地又不见了。还来不及惊讶，茫然留下个奇怪的表情在黑暗中凝然，无人能识。

几个杯盏散落在木台上。你摆着双腿，在木台的外沿下晃动，双手托着下颌在栏杆的铁链上晃悠，一副漫不经心的样子。今晚为何没有月亮？你说。今天是什么日子，六月初一，月亮躲得老远老远。你看，几颗稀疏的星星还在闪着，他们看到了什么？我说。你没有回答，若有所思。

我们就这样坐着，长时间没有说话。不知过了多久，街上的汽车奔驰之声似乎渐行渐远，少了些轰鸣。我们更多关注的是湖面摇摆的荷叶与闪烁的灯光。终于，那个最高最亮的灯柱闪了几下后开始缓缓熄灭，接着，又有几个霓虹灯熄了，我特意看了一下手机，刚好十点。记住！这里的灯光是十点就熄，此后所有的时间就都是我们的了。话并未说完，湖岸的灯光纷纷退场，仅留下几个稀疏的灯影在对岸。这个时候的灯光才像古人的渔火，你说。

接着你反问了一句，你想到了什么？我依然没有回答，若有所思。口中却轻声吟出，轻舸迎上客，悠悠湖上来。当轩对尊酒，四面芙蓉开。

你有些兴奋，忙说这是王维的《临湖亭》。并重复了一句，当轩对尊酒，四面芙蓉开。我也喜欢这一句。

我笑了笑，说，你就是那个"上客"，这里所有的荷叶荷花都是为你而开。这样说着，湖中仿佛驰来一叶小舸，轻盈而自在，湖面中一道优美的弧线破荷而出，迎面而来。

那时王维住在南山已有一些时日了。闻说好友自远道而来，特意早早准备，亲自驾着小舟来到湖心亭等待，临湖的轩窗正好是四围一面，纵横无余，微风吹送荷花，带着阵阵清香，这样的景致，有些令人心旷神怡，王维也这样想。

安史之乱后，王维已将一怀心事深藏在心底，不肯坦露，再也不像从前那样去热衷于政治，穿梭于王公大臣、天潢贵胄之间，他将前人宋之问的辋川别墅买下，寄情山水，时常邀三五好友，一二诗家，于闲山碎水间，侣鱼虾而友麋鹿，酌清酒而诵华章。"晚年惟好静，万事不关心"，这是他的心态；"行到水穷处，坐看云起时"，这是他的行止；"花落家童未扫，莺啼山客犹眠"，这又是他的闲居。他与孟浩然、裴迪交往甚密，每有畅意山林，必以诗酒唱和，略舒心志。与孟襄阳不同的是，少了份兴高而采烈的直白，多了层深思而忧虑的内敛。毕竟是经历过了安史之乱的人，如果不是弟弟王缙以爵抵过，如果不是自己以诗证清，也许此时此刻早就没有了这闲适之身，更没有了这份闲适之情了吧。讲到这儿，我觉得有必要把以爵抵过和以诗证清的事稍加交代一下。

唐玄宗天宝末年，安禄山与史思明联合起来反唐，唐玄宗逃往四川避难，王维等一干大臣还未来得及逃离长安就被俘虏了，在安禄山的威逼利诱下，只能屈从于当下，但大家都心知肚明，默不作声。只有一个叫雷海青的宫廷乐师性情刚直，不肯屈就，当场以乐器击贼，惹怒了安禄山，后被肢解。王维看在眼里，恨在心里，私下写了一首《凝碧池》，以舒心志。

万户伤心生野烟，百官何日再朝天。秋槐落叶空宫里，凝碧池头奏管弦。

八年后唐军收复失地，重整河山，一些伪臣旧党一一被清算，王维亦在其中。此时的王维早已万念俱灰，心如槁木，不抱任何希望。就在这时，他的亲弟却保皇有功，一再上书，愿以爵抵过，为哥哥赎罪，后来还是有人将当年的旧诗《凝碧池》拿来呈上，当时的皇帝唐肃宗看后，不但不予降罪，反念王维一片孤诚，不断加官晋爵，升至尚书右丞，世称王右丞。但此后的他，再也无心功名，只以山水为寄，礼佛为念。

王维早年随母礼佛，抄录《维摩诘经》时，就给自己留了一个佛意满满的名字，姓王名维字摩诘，一身的维摩诘化身，其诗书画印及音乐舞蹈的深厚造诣均与佛学所系，百年之后，人们更是以"诗佛"称之，可见夙缘佛心。

今天，好友要来，他沉心初萌，素心荡漾，赶上这一池清荷开得恰到好处，仿佛眼前所有的景致都是为他而来，良辰、美景、高朋，人生至此，夫复何求！但以王维的性格与修为，他是不可能欢欣雀跃的，纵使高兴，也只能是心里微微一颤，轻吐一句"四面芙蓉开"，含蓄而内敛，轻扬又止步，正是这淡淡的四面芙蓉，宕开一境，暴露了他紧闭的心迹，好友的到来与畅聊，杯盏的交错与互倾，让一个历尽沧桑、繁华落尽的大男人有了隐隐的泪光。好在湖风吹面，清荷送爽，纵有动情处，亦能消弭一切，收回隐泪，很快又镇定自若，含而不发，转而临风举杯，干！当轩对尊酒，四面芙蓉开。

现在想来，当年王维的酒杯里一定是五味杂陈，喜忧参半……

不知过了多久，水壶里的水，温度渐低，水也渐浅，你还举着杯子作讨要水的姿态，你说不想喝茶，只想喝水，茶喝多了怕睡不着觉。我笑而不语，心想，怕不是喝茶的缘故吧，此时此刻，就是什么也不喝，又能睡得着吗？我没有把话说出来，只是顺着你的意思，不断地添水喝水，再添水再喝水，面对满眼清荷，微风拂面，临湖把盏，以水当酒，抑或是宠辱皆忘，其喜洋洋者矣。

窗外梅君著未花

大林兄小园中有两株梅花，一为红梅，一为蜡梅。时已腊冬，不知窗外梅君著花未？

几年前，颇好梅花清格，便趁笔墨之兴，竖抹横涂，时时写枝梅花自遣，当然我自己深知深浅，不敢拿来示人，丢我个人的丑事小，玷污了梅的清格事大。有时不等梅花写完，即兴的句子便欲动，不管不顾地即兴挥洒，随写随弃，乐在其中。

淡写精气浓写神，一枝更比一枝清。窗外梅君冲我笑，我待梅君是佳人。

早岁读王冕的《墨梅》，很是喜欢，一念成诵，过目不忘。"不要人夸好颜色，要留清气满乾坤。"梅花不光是花树萧森，姿态劲美，而且清香四溢，高格动人。及至后来读到毛主席与陆游的梅花词时，感觉到梅花让人赋予了更多的精神内涵与人格意义。那年旅至岳阳，与当地画家毛燕忠先生相识，颇为投机，先生一时兴起，问我喜欢什么，我说梅花。老先生问，为什么是梅花呢？我说，可能是与自己从小以来所读的梅花诗文有关吧，尤其喜欢吴昌硕的以篆籀笔法写之，其清雅的气格让人敬佩。先生颔首。于是铺纸抽毫，化墨于水，水墨相生，不一会儿工夫，一幅墨梅图就出现在我们面前，让我拍手为快。后来这幅墨梅图一直挂在我的砚人草堂，日日摩挲，便觉满室清气，文士家风。

自古以来，历代画梅高手不可胜数，我独喜缶翁的墨梅一格，于浓淡笔墨之中，枝横数竿，花灿数点，几行文字，一片诗心，跃然纸上，荡然胸中。"触目横斜千万朵，赏心只有两三枝。"李膺方的梅花诗最能看出艺术家对个人体验的强调，体现艺术家们对高洁人格的追求与向往。

毛燕忠先生笔墨远师缶翁，外师造化，得传统笔墨精神。我独好其梅花的清韵高格，凛然迎霜，荒寒独灿及悄报春芳。今日问梅中春讯，抚往追昔，心中着实縈然。

孔明灯

中秋节这天，我们早早就做好了去露营地赏月的计划。一过午饭，就将赏月时用的露营帐篷、地毡、折椅、小马灯、水壶、茶叶、茶器、月饼、烤鸭、大闸蟹、毛豆、饮料等备好，装上了车，不到五时，我们就出发了。目的地是八里湖东南岸的湖边草地。我们来的不是最早的，也不是最晚的，刚好路边有停车位，然后就去找我们的宿营地。家人们来过多次，我却是第一次，在他们的引领下，很快找到了合适的地盘，好大一块宽敞平整的绿化草地，今晚属于我们。女儿女婿娴熟地支起了帐篷，撑开了场地，我则可以放眼看看周遭的环境。

更大一块临湖绿洲，步行道由南向北柏油铺就，随弯转曲，自然随意，绿色草地也因形赋彩，缓坡向前，不植一树却绿意茵茵，生机无限；不设一屋却人山人海，帐篷遍地。放眼湖中，灯光倒影，碧波澄澈，整个新城亦如海市蜃楼，倒悬水中。山横翠而隐逸，水无波而致爽。不远处不时传来烧烤的烟火气及牛羊肉串味，引得我们也摆开架势，横看列饮。我则提壶泡茶，闻香识趣，静待东山月启。

最兴奋的当然是小孙子童童。他从小就对月亮有一种特别的偏爱。还没学会说话的时候，看见天上的圆月就跟着大人喊"月宇月宇"。妈妈教他的第一句话是"海上生明月，天涯共此时"。此时的他提着个小马灯奔走在各个帐篷之间，或是探访，看看别人家的露营秘密；或是问候，感觉每个陌生人都是他的朋友。

也许是庐山太高，也许是云层太厚，今晚的月亮迟迟不肯露面，左等不见月亮，右等不来星光，整个湖畔好像没有了耐心，一时失去了待月赏月的兴趣，喧腾中有人唱起了卡拉OK。在极不协调的歌声中，女儿突然喊出一句，月亮出来了。我们回头看时，月亮冲破云层，出现在另一个方向。这时我才觉醒，我认真待月却待错了方向，我不好意思说出我的迂，便将错就错，对着那个待月的方向，寻找着再也不可能等来的月亮。

厚厚的云翳后透出来的月亮黄黄的、毛毛的，像一面擦不亮的老镜面，照人于朦胧迷离间，又像一块把握不尽的美玉，有其光辉却总不透亮，甚至带些明暗不定的黄沁，摇摆在云里云外，半依半偎。我们举起手机，来回拍下这难描的景象。每个人心中都有属于自己的那轮月亮，从小到大，每年中秋都不停地往里面灌输着你的认识、思想、情感、记忆，你拍下的每一张照片，都是你心中无限的记忆与想象。纵然是家人，也在不同的组合中流变，我也从孙子、儿子的角色，逐渐走到父亲、爷爷的里弄，陪着不同的亲人，共看同一轮中秋夜月，个中滋味，五味陈杂，说不清是苦是甜，是忧是乐。

今人不见古时月，今月曾经照古人。古人今人若流水，共看明月皆如此。

记得小时候，每到中秋，我们就早早盼着父亲回来。父亲回来就有铺上的蒋氏月饼。月饼是四个一叠，用褐黄色的牛皮纸包着，细细的麻绳从底下兜起，面上一张红色方纸上的月字特别明显，来回一扎，系上个扣，拎在手上，颇有古风。一到下午，就有人拎着大包小包的月饼往家里走，我们等在家门口，数着来往的路人。等吃过晚饭，我们将小方桌往院中一摆，等月亮出来，也等父亲回来。父亲的出场特别具有仪式感，他拿出月饼，慢慢拆解着麻绳，敞开包装纸，里面是四个整齐的月饼。父亲小心翼翼地将刀一架，平均分成四份，摆在盘上，金黄、深褐、沉黑，外香里甜，偶有红色的金丝桔相杂，很是诱人。等拜过月，唱着儿歌，我们兄弟每人分得一份。我们一手拿饼，一手相托，生怕掉下些芝麻饼屑，那份甜爽，现在想来，不时还泛涌口水。

童童提着他的小马灯过来打乱了我的思绪。爷爷，那是什么？我顺着他指引的方向，一盏红黄相杂的纸灯飘向湖面上空，不是很大却很明亮，我们也觉得有趣。孔明灯！我说。什么是孔明灯？是和我一样的灯吗？童童扬了扬他的小马灯，认真地问。

我惊讶于他问得这么急迫，这么恳切。告诉他说，孔明灯是用透明的纸做成的灯笼，点上蜡烛，可以透光，还能飞起来，飞得很高很高。童童高兴地跳了起来，嘴里不住地喊着，我也要，我也要。直到婆婆答应了他的要求，明天去买，他才肯罢休。然后提着他的小马灯，一摇一摆，见人就问，是你放的孔明灯吗？旁人不解，他又继续去问，是你放的孔明灯吗？终于有人笑了，觉得这小孩好玩，说，不是我们放的，可能是湖那边的人放的。听到这样的回答，他有些失望，喃喃地说，我明天也要去放孔明灯！

我没有过多地给他解释孔明灯的来历与意义，对于一个三四岁的小孩来说，也许那些都是多余的，他的内心还是一个待充的空域，以后有的是时间与机会，无论是纪念还是怀念，是追忆还是展望，我都不希望他过早就背上大人们超负荷的情感。也许今晚的望月放灯，在他心里就已经种下情趣，潜滋暗长。

十点多钟后的月亮终于穿过云翳，以全新的姿态亮相。玻璃上的水雾已除，镜面重磨，世界上的一切重又显现，清光如洗，重新照见万里山河，与地面的五彩灯光相映，大千世界，晶莹剔透，玉宇琼楼。我一面念着"今夜月明人尽望，不知秋思落谁家"的诗句想着过去；一面担心小孙子睡意来袭，提议早点回家，也好给后面的人让出空地与车位。我们的车还没有发动，就有多辆车等在车位旁，亟待填补空缺，一分钟也不耽搁。

我们都以为童童早已忘记了孔明灯，他却睡在床上嘴里还念念有词：明天我也要去放孔明灯。

二〇二三年八月十八日凌晨

次第纷披

冬日的山窗外，翠微渐次变换成枯灰的色调，就连一向青葱的竹叶也不时夹杂着些枯黄与焦褐，在山风的催动下，纷纷飘落，也许带着些尘埃与蛛网，飘坠的步伐仍轻巧无声，那份姿态，令人迷惘。远处的梧桐与栗树已枯萎成槁，空留一两片叶子将落未落与残枝相伴，杈丫在半远不远的晴空下。没有一丝云，这是冬日少有的天气，也是庐山少有的晴空。

这样的晴日有些特别，除了景色之异，天气的晴燥，也很不寻常。我是一块颇有成色的古玉，微微沁出的汗液，似带有远古的气息。山窗下，读唐人句子，读到王维的"近腊月下，景气和畅，故山殊可过"时，读到的不是景色，是怀旧与念友的孤清及人生如寄的况味。

早起洗漱时，发现自己的头发已悄然变白，黑白相杂，长短不一，次第纷披，静落，反弹，又一次坠落，越是无声，越似有声，有如一滴水的滴答，一树花的摇落，常常让自己暗自神伤。不相信这种渐变终有一日也会降临到我的头上，不相信迟早有那么一天，命运之神会抓住我的某些弱点，将我的身体各个击破，亦如这冬日山林的萧疏与空旷。

据报，江南即日有寒潮将至，气温将降至零下二摄氏度，请注意防寒防冻。这么好的天气，会有寒潮？很多人将信将疑。几天前，山上的朋友就告知，近日又有一次降雪将至，让我们早点上山，一起迎接新年。新的一年，会有个好的开端。伴随着一场新的浩雪，就是个好兆头。

对于江南，雪总是稀罕之物。过去对古人而言是饥寒与清苦，到如今已然变成美丽、灿烂与浪漫的花季。由于特殊原因，已经错过了今冬的第一场雪，为了弥补，这次我早早就开始做准备，备足粮食与蔬菜，就在这晴好如秋的节点，匆匆吃过午饭，飞越葱茏四百旋，我上山来了。

两边的树木落尽了青叶，杈丫的枝条下露出黄色的土壤与褐色的山岩，稀疏的枝丫遮不住往日的山头与遥远的天空。我想起小时候将棍子比作头发的作文被老师嘲笑的样子，现在想来，还是当时的老师少了经历与见闻，且暗自庆幸小小的我有那么天才的"预言"。

汽车沿着熟悉的路径，七拐八弯，稳稳地停在了自己的木屋周边。一切还是那样，景色依旧。沿阶而下，将车上载的生活用品放在院中的石桌上，房东正在劈过冬的木柴，见我过来，边打着招呼，边笑着说，上来了，晚上就在我家吃，我们喝点。我觉得不好意思，不便叨扰他们，迟疑了一下，房东看出我的意思，接着说，不用考虑了，我们自己也要吃的，又不特别去做些什么。我见如此，便不再推辞，只是说，那好吧，恭敬不如从命，正好我从山下带来了杨梅酒，晚上就喝这个。

天色将暮，气温陡降，最明显的感受是庐山的住户室内都配有烧柴火的暖炉，铁筒式的烟管绕着室内，悠然出境，远远就能瞧见檐下不断冒出的青烟。内外的温差将世界分隔成两半。

房子的水管怕被冻坏，房东早早关了水源，清空了水管。我只好提着水桶来房东家打水。一进门，正逢饭菜上桌，房东热情的招呼避免了我似专门赶饭的尴尬。我正欲转身，房东不解，不断地叫"坐坐坐"，我说我去拿酒。

浸染了杨梅的酒有了浓重的橙色，和着霜后的庐山青、西蓝花与炒牛肉，一杯下肚，我已冒着热气，脱去外衣，又来一杯。这回房东要亲自把壶，生怕我满杯满杯地倒，一个劲儿地说"这酒太劲，不能多，不能多"。房东与我一样，也是血糖有点高，总是处处小心谨慎，早已不像前些年那样开怀畅饮、放歌纵酒了。

第二天一早，浓雾笼罩着窗外的整个世界，我知道大雪很快就要来了，胡乱吃了一点就开车上街，买点东西回来，不然雪后路上无法开车。午饭一过，飞雪如期而至，先是砸地的雪籽落在厚厚的枯叶上簌簌作响，接着，似粉非粉的雪灰次第纷披，纷纷扬扬，那份优雅摒弃了风的助力，完全依赖自身的重力，自由落体，如放慢镜头下的羽毛摇曳，芦芒飞舞，漫天漫天地游荡。奇怪的是，雪花一触树触叶，很快就集结为冰，光滑透亮，顺势而落的雪花不断累积，越堆越厚，越来越重，刚才的轻盈一下子有了分量。路上开始有了行人和车辆，速度很慢，一不小心就是人仰马翻。一阵喧嚣过后是宁静，山、路、树、电杆、房屋，早就没有了暮色，随着黑暗的提早到来，洁净与寒冷合著，一部宏大的长篇巨制正在悄悄上演。

说到山中处静，我想起王维的《山中与裴秀才迪书》。这是他退居后的第三个年头写的。在他的眼中，纵使是萧瑟的北国寒冬也是好的。你看，他一点也没有往日官场上的厌弃与不安，一派宁静致远的闲适，与僧侣相处，与古人相交。其实一个人在山中独处往往喜欢寻出些事来去怀念过往和思念家人或朋友的。于是便文不加点地给裴迪写了这封信：

近腊月下，景气和畅，故山殊可过。足下方温经，猥，不敢相烦。辄便往山中，憩感配寺，与山僧饭讫而去。

北涉玄灞，清月映郭。夜登华子冈，辋水沦涟，与月上下。寒山远火，明灭林外。深巷寒犬，吠声如豹。村墟夜舂，复与疏钟相间。此时独坐，僮仆静默，多思曩昔，携手赋诗，步仄迳，临清流也。

当待春中，草木蔓发，春山可望，轻鲦出水，白鸥矫翼，露湿青皋，麦陇朝雊，斯之不远，傥能从我游乎？非子天机清妙者，岂能以此不急之务相邀？然是中有深趣矣！无忽。

因驮黄檗人往，不一，山中人王维白。

信中的王维不仅描绘了在山中月下临流赋诗的场景，更相邀春山可望,斯之不远。被邀的人当然是心驰神往，急不可待了。

没过多久，裴迪就如约而至，他们出入山林，把酒酬唱，后来他们还将互相唱和的诗篇集结成册，取名《辋川集》。

记忆还停留在昨晚的晴暖与酒气，眼前已陡转深寒，明明坠落的是清雨，淅沥中已凝结为霜。漫天的浓雾向我涌动，车前的雨刮器能刮得动曾经的雨，对于浓情如郁的你却让我束手无策，寸步难行。我在感受着你一分一秒的变化，包括正在孕育着的那漫天的雪与满树的凇。

一任门外的风动翠竹，飞雪敲窗，我也只是闭门谢客。一碟花生米，一碟萝卜干和自制的乡下米粑，一杯小酒黄中带橙，却是不争的事实。这是我有生以来第一次，一个人，一杯酒，一座山，为了这场盛大而庄严的雪，值。

及至半夜，雪已停，风又起，探头窗外，院中铺展着玉缎，厚厚一片洁白，在昏暗的路灯下静谧安详。

我龟缩在狭小的空间内不敢声张。偶尔掀起窗帘透过一点点缝隙向外探视，生怕动静太大，被外面的风雪发现而反向追赶。我的世界下雪了，是在一个宁静的夜晚，我以思为翅，以酒御寒。心中仍在祈愿，希望遇见那个雪夜访戴的你，不期而至。

木铎金声

应群里朋友之荐，看了一场"木铎之心"的手札展。让我惊诧不已的是，手札展的主角是老学究陶今雁先生。这个名字对大多数人来说也许陌生，但于我而言，却是久沐其露、久浴其光的诗文前贤。

早在二十世纪八十年代初，村友以一本《唐诗三百首详注》诱惑我，我一看作者名字为陶今雁，觉得名字好听，便以刘逸生的《唐诗小札》一书置换数月，细读下来，我与村友的诗文启蒙均拜二书所赐。可惜的是，后来我专门买了一本陶先生的唐诗注本，未及细读就被其他的版本所冲淡了，直至几次搬家，再也找不到当年的书。所幸的是，我因出版新书出入出版社，又一次得到了陶先生的新版书。如此多次来来往往，也算是有些缘分了吧。

这次观展是我意料之外的收获。一是我正好客居南昌，闲暇无事，正不知去向，难消永昼。二是寻找反复，尽管荐友为我办好了报备登记，当我驱车进入校园，在不断向同学打听问路的情况下，还是有些蒙圈，最后还是一位正在读书的同学主动带领我找到场馆。馆内锈蚀斑斑，有些积尘，也许是久旷无人，显出一种秋后的萧瑟，好在有一个写着"木铎之心"的路牌指引着方向。二楼上的回形走廊同样是空寂无人，沿途所往，有一种逆时而溯的错愕，透过长长的走廊过道，我进入了怎样一个时代。

在陶先生的师友关系导图下，我似乎找到了通往那个世纪的传统文化学者的心灵密码，沿着这条荒寒独僻的幽径，感受到在不远的前后，一个背影摇着木铎，步履蹒跚。以毛笔为杖，以书迹为履，以文字为声。时而长袖阔舞，大江东去；时而杨柳春风，涓涓细流；时而上溯千年，指点秦疆汉土；时而遥感时岁，领略唐宋风骚。更多的时候，又左顾右盼，关注起身边的事，眼前的人。在他的精神世界里，诗书词曲，文史地哲，激扬文字，笔走龙蛇。

你看，统一丰功百代扬，帝基万世塌苍黄。焚书极尽愚民策，陈涉何曾进学堂。一首《秦始皇》，指出了秦始皇的功过是非，也给后来者上了一课。凯旋钜鹿秦军溃，进入咸阳火乱飞。不守关中归故土，汉中偏养沛公肥。项羽哦，你不守关中，让别人占了先机，成了你一生的痛，无尽的憾。在这样的世界里，陶先生纵横捭阖，笔底波澜。

据说陶先生为渊明之后裔，一生孜孜以求、教授著述之余，好吟诗词，崇尚高士名贤。陶博吾先生有一联赠他：养浩然正气，师羲皇上人。也许是陶姓诗人间的心有灵犀与默契，博吾先生不仅书法写得性派天真，联语更是透露出英雄相惜，鲜花佳人之意。从今雁先生的诗集名《雪鸿集》《秋雁集》《寒梅集》，足可以看出其诗境之高。我虽没有完整阅读陶先生所有诗作，但在赏完展示的有限诗稿后，我便喜欢上诗人与同校另一位教授诗人胡守仁先生之间的酬唱。也许是同为教授朝夕相处，也许是彼此性情相投互相理解，相诉起来，互为知音。每当陶先生的《唐诗三百首详注》再版或新的诗集出版，胡先生都要写诗相贺。陶先生分赠朋友送来的荔枝，胡先生更要吟出长咏致以谢忱。诗来书往，完整构成了那个情真意切，知音难觅，古风不尽的高人雅士所特有的旧时岁月。

诗律同研讨，瞬将五十年。斯人常猛进，侪辈共归妍。一册雪鸿集，先贤薪火传。老夫退三舍，不翅逆风船。

——题陶今雁教授《雪鸿集》

雪鸿已传世，秋雁又完编。两集成联璧，诗名罕比肩。闭门常拥鼻，琢句欲忘眠。我亦耽吟咏，笔端无此妍。

——今雁教授《秋雁集》继《雪鸿集》之后又将问世赋赠一律即希吟正

陶先生更是深情流露，互答不尽。

戊寅仲冬《秋雁集》面世，即登门呈赠，蒙速以瑶章见惠，奖饰太过，因以长句为报。

青蓝亭畔柳婆娑，大好时光病里过。卅载有缘师永叔，一生何敢望东坡。深惭下里巴人曲，翻觇阳春白雪歌。夫子不嫌长指点，他年庶可少乖讹。

——奉酬修人师

　　诗人间的互酬互唱，洋溢着彼此的真情诗性。现在读来，更感当年素朴风淳。胡先生岁以年长，提笔作书更是一笔一划，认认真真，颇见唐人风骨；陶先生作书，更多的是，以宋人笔意，写自家情怀，或行或草，或断或连，无不见诗家情趣，学者风范。

　　老实说，我是第一次见到陶先生的书法，让我震惊的是，学人作书，沉淀内修，不以新奇豪放取悦于世，而以人品学问内外兼修，更见其沉着凝练，气定神闲。这不由得让我想起民国时期几位国学大师的书法，别的不提，就周作人、林语堂、梁实秋几位，细看他们的书法，尽管他们谁也不是以书法名世，但见识卓越，学问丰厚，写起书法来，自然目下无尘，笔下生风。陶先生的书法以"二王"为正宗，多以中锋用笔，不激不厉，风规自远，正好是对当下书风的一种警醒，去躁积沉，去浮积厚。认认真真做学问，踏踏实实好做人。其诗意更在诗外，把平常的日子、平凡的生活，活成诗性的意境，动如夏花之灿烂，静若秋菊之落英，古风尽显，古意盎然。人生高格，莫过于此！

　　如果不是我同学电话相催，我肯定还会继续看下去。整个展馆除两个看门的学生外，就我一个人，我几乎不肯放过任何一个细节，末尾仍折回来重读一遍叶青先生所作的序文。我沉浸在书展所营造的氛围中不能自拔，我喜欢这样的环境与意境，更仰羡那个时代的严谨治学态度与简单朴拙的人际关系。

　　感谢书展的策划方，让我有了一次短程的逆时旅行，哪怕是暂时挣脱眼前的喧嚣与嘈杂，沉浸在曾经的岁月里而顾首徜徉。那些隐约的背影，是那样熟悉又陌生，我想伸出手去，抓住点什么，除了内心的呼唤与挽留外，我满身苍凉。时光如川，斯人如梦，他们渐行渐远，不时摇着的木铎金铃之声，隐隐传来，在周边荡漾，寂寞且悠长！

二〇二三年十月十八日于抱一轩

夜读《容斋随笔》

随手取下书架上的旧书《容斋随笔》，忽想起朋友不久前向我提起的一趟旧访。说她几周前特意去鄱阳县拜谒洪迈墓，并推荐了她写的游记。也许现在的人太忙，无暇顾及那些曾经灿烂一时的皇皇巨著，更不去问洪迈是谁。这次朋友访洪墓而未果，盖地僻人稀，无法寻找之故，也因时代久远，人们早已忘记了洪迈的所作所为，因而悼之者鲜，念之者微，寻之者更是微乎其微了。最后朋友只能独自一人去感受山野荒村的孤寂与苍茫，因"其境过清，不可久居"之故而无功自返。

洪迈是何许人也？听来有些陌生，但读过初中的人都知道，他是《容斋随笔》的作者，南宋人，说来与我还有些渊源，算是老乡，是仅一水之隔的鄱阳人，字景庐，号容斋，又号野处，亦官亦文的典型代表人物，官至翰林院学士、宰执（即副宰相）。他的父亲洪皓、哥哥洪适、洪遵都是著名的学者、官员，洪适官至宰相，洪遵官至宰执赠右丞相，三兄弟有"鄱阳英气钟三秀"之称。洪迈著有《容斋随笔》《夷坚志》等。洪迈一生涉猎大量书籍，并养成读书时做笔记的习惯，每有心得，便随手记下。洪迈在《容斋随笔》卷首说明："余老去习懒，读书不多，意之所之，随即记录，因其先后，无复诠次，故目之曰随笔。"集四十余年所成，组成了《容斋随笔》五集七十四卷一千二百二十则。

洪迈从青葱少年至双鬓如霜，穷其所历，以文字为网罗，搜悉异闻，考核经史，捃拾典故，值言之最者必札之，遇事之奇者必摘之，所往历历如履，为后人拾掇奇文妙章。后之读此，如晤先哲，如闻教诲，经世致用。

我读此书较晚，一经接触，便不忍释卷。书中包含文学、历史、哲学、艺术等多个学科，从事例、考证到议论均精到有高格。很多的事情往往是，不到一定的时候，它不会发生，纵使发生也可能与你毫无关系，读书也一样，很多的书不到一定的时候，你是不会去读的，纵使读了也是白读，对你不会产生多大影响。《容斋随笔》于我而言就是如此，什么时候置于我的书架，早就忘了，每次用眼穿梭书架时，总是视而不见。对此我早就习以为常。朋友偶然向我提起的拜访之行，让我生发新的兴致，没想到的是，这一读居然就手不释卷，查阅它的目录与介绍，检索它的涉猎与相关。客观地说，我做的读书笔记不多，但读书笔记的记录方法却让我有似曾相识之感。尤其是这类带有哲学思辨的书，不静心细读，很容易蜻蜓点水，一笔带过，于读书效果而言，是最差的。朋友介绍说，不动笔就不读书。这是对的！

今晚一个人静坐草堂，尽管窗外清霜匝地，寒冷异常，但室内却灯火可亲，感觉一卷在手，时不时用笔在书中比画，戳戳点点，沿着文字所指引的那条幽径，来到一个似乎很熟悉的空间。我没有注意到桌子上的台灯怎么摇曳起灯火来了，也没有注意灯前的人，皓首苍颜，青筋历历，批阅着满卷书册。当时的想法很简单，只喜欢在青史浩卷中摘一些自己喜欢的趣闻、人物、画面，聊自己的心事，发个人的感慨。我的看法可能触动了某些人的惯性思维，我只随性写下今夜灯火之下的瞬间想法，只是告诉自己，一路走来，读过的书，写过的字，晤过的人，对过的话，议过的论，林林总总，便成了这满架的木牍，满室的青卷。

我被埋在自己的日子里埋得暗无天日，埋成行行叠叠，身边熟悉的人一个也不见，总在半寐半醒中呓语不断。有时也感觉到有人在絮絮叨叨。有时我也参加议论，没有人还能认出我来，任由各种议论纷纷。有时我似乎变成一条书虫，在一堆发黄的书卷里不断蜗行、噬食。我走不出自己布下的浩卷孤灯，也走不出悠悠岁华，茫茫大川。

当年毛泽东主席在戎马倥偬的战争年代就携《容斋随笔》为行军必备，新中国成立后依然是他枕边之书，外出视察时必嘱其工作人员带上此卷，1972年曾将此书赠送他的老友周世钊，直到他逝世的前一天仍要工作人员为其读《容斋随笔》三十七分钟，可见毛泽东主席对此书的喜爱程度。

现在想来，尽管宋代笔记类小说风行，由于洪迈的博学与高格，其著作在同类笔记小说中依旧出类拔萃，成一时之冠。

其行文章法亦很有意思，每则文体不长，以短小精悍为著，看似信笔为之，其内在结构亦甚严谨，既循起承转合之古法，又不拘一格一法之束缚，天马行空，挥洒自如，细味其妙，意趣无穷。

往复之间

近日读唐朝诗人杜甫的《野人送朱樱》一诗，颇有感慨，不妨拿出来与朋友们分享。诗是这样的：

> 西蜀樱桃也自红，野人相赠满筠笼。
>
> 数回细写愁仍破，万颗匀圆讶许同。
>
> 忆昨赐沾门下省，退朝擎出大明宫。
>
> 金盘玉箸无消息，此日尝新任转蓬。

诗是诗人在四川成都草堂时写的。野人（邻里老翁）为诗人送来一篮朱红的樱桃，个个珠圆玉润，莹洁匀称，诗人非常高兴，引起诗人的诸多联想。当年在门下省任左拾遗期间，群臣们受到皇帝的赏赐，那是多么高兴与荣耀的事呀，下班时提着装满朱红樱桃的篮子走出大明宫，仿佛脚步也是放飞的。只是，繁华易逝，一梦之间已是千里之遥，现在想来，又是多少年过去了。唉，当年的玉盘珍馐早已不见，眼前的自己还是那类似转蓬的风轮四处飘荡。

老诗人为何得到一篮朱樱之后，要去联想当年在大明宫的荣耀呢？很多人说杜甫喜欢小题大做，我却深感老诗人的敏感与深情。任何一点生活小事都会让他联想多多。对于上了年纪的人，对于世乱家贫的人，对于思接千载、忧国忧民的人来说，内心更是敏感而多情。于是，一篮朱樱相赠，一首名作相馈，孰重孰轻，现在想来，怕是恰好相反吧。这样的事例太多了。

送朱樱的人完全是出于邻里间的一片真诚，相互关照，相互问讯，老诗人感觉自己"百无一用"，无以为报，只在心中笔下，默默记住这份深情。诗与其说是写给野人的，不如说是写给自己的。也许野人提着空篮很快就回去了，带着"赠人玫瑰，手有余香"的自我满足与喜悦，诗人是怎样千恩万谢的，野人一点也不计较，也不在意，野人的疏旷让他留于纯朴，但诗人的敏感让他思接千载，始终放不下心。朱樱很快就会吃完，而老诗人的诗作则经风历雨，传颂千年。诗作更是以文化思想哲学等诸多形式流衍，是时间和空气领受了所有的谢辞。现在看来，与其说是写给自己的，不如说是写给时间的，后来的读者知音们在时间的长河中，是一读再读，一解再解，还是读不尽的千言万语，解不尽的万种风情。文化的差异与思想的巨细，让他们成为两种完全不一样的人，但他们的本质是完全一致的，那就是人性的温暖与文化的光芒，往复之间，便完成了邻里间的情感交流与文化传递，生活与诗意就在这平凡而随意中完成了对接，也让千年后的我们窥视到古人真实的生活与丰沛的情感。

由此我想，朋友间的情感表达需要借助一定的媒介来呈现，中国人的"千里送鹅毛，礼轻情意重"的古训确实是至理名言，只要有邻里间和谐共生的真情在，送什么已不是那么重要的事了。当然，我更加欣羡着的是，生花的妙笔诗章将情感的筼笼渲染得更加具体细腻，丰盈而持久。

这让我想起远在西安的朋友来。那年的有段时间，很多人闭门谢客，我亦久居浔城，一个人站在窗前，望着窗外，时间好像是没有记忆的河流，一味地淌个不停。窗前的高速路口，淌着淌着，车水马龙不见了，庐山索道口的灯光也夜夜亮着亮着不见了。远方的朋友再也没有了踪影与信息。就在全家人渐渐习惯了眼前的一切时，突然有敲门声传入，久而未闻的敲门声，一下子惊起了全家人的耳朵，是快递小哥送来了一个纸箱子，女儿忙着拆封，我不断地谢客。令人惊喜的是，箱子里的是猕猴桃，有塑套裹着，个个珠圆玉润，果皮虽带有果毛，但抚之再三，略带粗粝的质感依然丰润，恰到好处的柔软，清亮多汁，甜酸合度。女儿说，这是有生以来，吃到的最好的猕猴桃，没有之一。

去年九月，我们几个初中同学清滚、海星、宋毅、细佬和我，驱车登古原，来到西安古城。小碎和她的男友韩老师接待了我们一行。席上正好遇到了培育猕猴桃新品的老教授杨先生，我们的聊天也是从他培育的新品种开始的，老先生自西北农大退休后喜欢将自己的研究成果与农产品嫁接，与一些种植农户合作，提供优质品种与技术支持，甚至做些产品介绍与推介，除猕猴桃外，还有红枣、玉米、高粱、水梨、柑橘等，洋洋洒洒，布满大半个西北大地。看到自己的成果变成人们餐盘上的珍馐，杨先生笑成了一尊佛像，眉宇间透出无限慈悲。他的微信有条个性签名：心怀苍生，善行天下，帮助别人，成就自己。这是一种什么样的人生格局，我想到了为天下人饱腹而奉献一生的袁隆平，他们都有相同的梦想，愿世界上没有贫穷与饥饿，让生活更加美好。他是这样说的，也是这样做的。哦哦，忘了一点，那天我们喝的酒也是杨先生研制的新品。几杯酒下肚，我们都有些兴奋。杨先生说，以后有机会多来西安，我带你们参观我们的农场，那是一个无限大的世界。说着将手一扬，比画出一个让人想象的全新世界。

小碎这次寄来的猕猴桃就是杨先生培育的产品之一。随着生活水平的不断提升，人们对朋友间的互相赠送也许习以为常，但我依然怀念着古人那份真诚与质朴。

三　乡味灶台

　　充满烟火味的灶台乌黑一片，加之清贫的岁月与油腻的包浆，依然透出些红黄相杂的暗光，这是用一种红黄土壤和着石灰糯米浆揉合而成的乡村土灶台。每天围着灶台，看母亲将珠圆玉润的米粒、青黄相杂的野蔬，在锅里翻滚，像变魔术一样。母亲灶前灶后来回忙活，不一会儿，几个大小不等的菜碗围放在灶台上。等木制的锅盖一揭，一股冲天的热浪耀着我小小的眼睛，香喷喷的饭气扑面而来，于是我们各自忙不迭手，拿碗抽筷，一任饕餮。

作者自作诗《题罗汉松》

灶台

充满烟火味的灶台乌黑一片，加之清贫的岁月与油腻的包浆，依然透出些红黄相杂的暗光，这是用一种红黄土壤和着石灰糯米浆揉合而成的乡村土灶台。每天围着灶台，看母亲将珠圆玉润的米粒、青黄相杂的野蔬，在锅里翻滚，像变魔术一样。母亲灶前灶后来回忙活，不一会儿，几个大小不等的菜碗围放在灶台上。等木制的锅盖一揭，一股冲天的热浪耀着我小小的眼睛，香喷喷的饭气扑面而来，于是我们各自忙不迭手，拿碗抽筷，一任饕餮。

母亲总是排在最后，等大家陆续盛完饭，夹完菜，端着个碗在村里游荡时，才是她盛饭夹菜的时候，这个时候往往是，锅里的饭所剩无几，碗里的菜早已见底，能有点汤汤水水就谢天谢地了，对此母亲似乎见怪不怪，习以为常。等我们游荡一圈回来，已经是锅碗零乱，一片狼藉，等待着母亲来慢慢收拾残局，每年周而复始，日复一日，餐复一餐。

等我们一个个长大，住宿就成了新的问题，父亲第一个想到的是，在正房的边角空地上搭一间横屋，将原有的厨房重新粉刷一下，成了我读书、写字、睡觉的空间。明明是一间灶房的改建，屋上的房梁还是乌黑乌黑，墙上的屋漏痕迹斑斑，弟弟还是要与我争个长短，一个墨水瓶改制的煤油灯有限地撑开了昏暗的室内空间，毫不相配的桌椅临时组合，读书写字在外人看来总是有点别扭，但我觉得找到了一种前所未有的舒适感。村小学的老校长熊先彬有晚上家访的习惯，这次沿故里垅村一路而下，走到我的小灶房改建的屋子时，见昏暗的灯光下有读书的影子，拉着我的母亲不断夸赞，说是今天整个垅里见到的唯一一个自觉读书的人，一番夸奖让我的脸上有了灼烧感，鼓励与鞭策同在，热爱与自觉并生。

受地方面积所限，横屋四周的方角都不成九十度，砌墙师傅孝箴说，没有一个是直角。新的横屋终于建成，接着就是结灶。结灶也是个技术活，母亲说，一口灶结得好，就能赚火。用现在的话说，就是既高能又节能。有经验的师傅，总是能做到两者兼备，相得益彰。邹弟炎是老师傅，结灶的技术好，且为人好，村里村外的口碑都不错。孝箴师傅跟着他学，我帮着挑砖与和泥，成了他们的小助手，弟炎师傅总是夸我字写得好看，将来有口书上的饭吃，我羞得脸红，感觉自己哪有那么好的命呀。

师傅先将灶台的位置确定后就铺砖垫基，两循土砖垫底后又是一圈立起的围砖，两锅之间的空隙特意加了个放鼎罐的小位置，母亲非常看重这个小小的安排，等于不用特别加柴火就能时时有热水，或炖个什么也方便，农村的土灶台都是这个设计。弟炎师傅说，通往鼎罐的口子角度要选好，直角通向，不可太大，否则顾此失彼，得不偿失。灶台外围的一层敷泥是从村后山上挖来的红壤，性瓷色丽，和着石灰与稻秆加糯米浆，干燥后类如瓷砖，越用越亮，是整个灶台上最靓的点。我家穷，似乎是没用上糯米浆，时间久了，泥皮发裂脱落，母亲每次擦拭，总是小心翼翼，嘱咐我们使用时也要小心，最忌用刀或锅铲之类的硬物碰撞。尽管小心谨慎，但还是敌不过岁月风轮的碾压，这是没有办法的事。

日子总算一年年有所好转，每到过年之前，母亲总要忍心拿出十几升米来，用这样的大灶台熬糖。一早起来就淘米煮饭，又是加水再煮，等到中午又滤去饭渣，独留些饭浆不断熬煮。厚实的木柴在灶中熊熊吐焰，锅中的米浆上下翻滚，由白转灰，由灰转黄，灶中的火力渐渐收缩，待用锅铲将锅中的糖浆扬起，变为片状（母亲称为巡糖），就可以收住焰火，用灶里余火余温的力量慢慢收汁，让糖水变成软块，再架上木杈，用人力不断来回拉扯，直至成为一块一块的打糖。这是个体力活，母亲总是请新屋下的友藩姨父来帮忙，连着早前备好的炒米或芝麻等，将过年的冻米糖一并完成。这个时间基本上定在腊月的小年之后、除夕之前，太早怕我们小孩偷食，太晚过年就太紧张，我们总是催问着母亲我们家怎么还不熬糖，母亲说，莫急，过年总少不了你们的。每次砌好了的糖糕分装也是个关键环节。分装在各个瓷瓶的过程，也是我们留下深刻记忆的过程，所有瓷瓶的存放之处都在我们的记忆范围之内，这份惦念一直持续到第二年的正月。村人说，拜年拜到初七八，坛坛罐罐都洗刮。如果第二年的开春农作，母亲还是能拿出一些糖粑糖糕出来，说明母亲比我们更高一筹，俗话说，魔高一尺，道高一丈，我心服口服。

　　大姐出嫁后，家务上母亲就少了帮手，我不能理解的是，大哥刚结婚不久，母亲就或明或暗地提示，要大哥大嫂分灶过日子，这时大侄子也刚出生，家里的一切还在起步之时，艰辛而漫长。很快二哥也要成家了，迫使大哥不仅分灶吃饭，还要另立门户，另建住房。一个个大灶台在兄弟们成家分家过程中不断增加，而母亲的大灶台却越来越小，最后在我的安排下改用了煤气灶，一方小小的土灶台却成了闲置之物，凹凸不平，闲而无用，偶尔置放些碗盘菜篮而已。

　　昨天，我偶然来到当年挖掘红壤的地方，一台挖掘机已整平了大片的面积，所有的红壤一下子全裸露出来，和着细雨，我双足深陷其中，不能自拔，我努力跺甩着脚上的沾泥，像摔掉一段屈辱的历史与荒凉的记忆，但总也甩不掉，如影随形，只能一任而往。随着母亲的远去，母亲用惯了的土灶台也随之远去，那是一个时代，仿佛是另一个世界。我们这个时代变化得太快，我们这一代人，几乎见证了从极其贫困的年代到甚是富足的时期，饥饿与营养过剩连续碾压过我们的身体，让我有点猝不及防，无法适应。回想与记忆不时乱码，产生错觉，当年那土灶台上的一点红黄暗光，不时映照我儿时的饥馑与丰沛。

乡味糍粑

日前在抖音上刷到有同城叫卖糍粑的，视频中展示的粑形粑色让我馋虫蠕动，口水不止。试着联系后，一袋莹洁可爱、整齐划一的印子粑便送到了我的小院。不等回锅再热，便试着尝鲜，几个下来之后，柔实适度、香甜可口、嚼味十足的昔日滋味随着味蕾的重启不断重现，与之一起重现的还有那些曾经的山乡岁月与渐行渐远的记忆，口里喃喃道，嗯嗯，是原来的味儿，好吃。

乡人做粑，都是就地取材，因材归类。粘米粉多半是做印子粑，或掺揉些南瓜、野菜之类；糯米粉亦可转而为赤粉，是由糯米碾磨成浆后滤净晒干成块状，虽名赤粉，并非赤色，而是洁白如雪，灿若吴盐。至于为何名"赤"，乡人俗称也。赤粉常与红薯粉相混淆，很长时间都区别不出，及长才体悟出区别的方法是，捏在手上推搓，细腻而滑者为红薯粉，粗糙而滞者为赤粉，如果摆放在一起，就更好分别了，色白而微黄则是红薯粉，色白而纯者为赤粉。

赤粉做粑，先要取适量的水浸泡十几分钟，让其彻底软化，水量要拿捏好，不可太多，亦不可太少，以浸透不糊为宜。揉搓成圆球状，用清油煎炸至微黄，然后掺少许冰糖混煎，以外表金黄酥脆、内质细嫩松软为佳，有时表面还撒以芝麻，则更香酥。冰糖煎粑又以苏家垱、横塘、蛟塘等地的为正宗，现在成了旅游景点农家乐的一道名菜，既可佐酒助兴，亦可充当主食，老少皆宜，妇孺皆喜。赤粉也可以做成团子用清水煮食，吃起来细嫩爽滑，非常可口。书法家陶博吾先生晚年尤好此口，家人怕老人噎食，特意做成细细的小丸子，老人边吃边嘁，这个好吃，这个好吃。

印子粑也叫模子粑，是乡人用实木雕刻成诸如花朵、金鱼、小猪等不同图案的凹槽模板，将揉制好的各色粘米或掺和的糯米米粉碾压而成。制作起来简单，但备料揉捏却是个技术活，也是个体力活。那时候，我们跟在母亲身后，既是吵闹要吃的馋鬼，也是帮厨备料的小帮手，母亲总是既爱又厌，既骂又疼，只能无奈地叹叹气、摇摇头了。

逢年过节，红白喜事，乡人总喜欢做粑，或祖堂祭祀，或喜庆祝贺，或添充饥岁，或解馋荒寒。在缺衣少食的年代里，吃饭都成问题，做粑则成了乡人生活中的奢华点缀，也是度过艰难岁月的不二法门，其间区别，大异其趣。一方水土养一方人，庐鄱之间的这片土地上，总能生长出各类野生植物，供乡人在荒寒的岁月里充饥敌馑，也许当年的陶渊明就是依靠这些粗蔬野草挨过一个个青黄不接的冬春岁月吧，要是有酒相佐，吃起来就更加有滋有味，再添一碗野菜粑加萝卜清汤，欢娱自度，也很不错，"欢言酌春酒，摘我园中蔬"。一旦味蕾接受了某种山乡野味，形成最初的原始记忆，时间一久，也就与千百年来的乡音土语一样，杂糅成故土风情，故滋旧味，渐成不尽的乡愁。

粘米或糯米大多是经净水浸泡后重又晾干，用土制的石磨碾磨而成。南方的石磨不同于北方，一般较小，由两块圆形花岗石组成，上轮有一个进料石孔，上下齿道相互磨压，无论是带水的浆料还是不带水的粉料，随着上轮旋转碾磨，碾磨之物会自动从四周流入石槽，木盆或木桶端放在槽口下，顺其自然，这一操作过程既呆萌机械，又劳累辛苦，一场活儿下来，推磨的人往往累得上气不接下气。我家的石磨较大，需要两个成人推磨才能得转。石磨安在孝成大伯家的横屋里，我的个子不够高，够不上推架。看着母亲满头大汗，站在边上的清嫂子有时过来搭把手，我则帮着给米添料，两圈一小勺，总要避过推杆，迅速而精准地添入磨口，如果一不小心碰上推杆，很容易洒得满地都是，我不敢看母亲的脸，装作若无其事的样子，不然还会碰杆，一波未平，一波又起，这是绝不允许的事。

用米丘、椿芽、樱杪等各类青苗嫩叶，或是寻出些南瓜、芥菜、红薯或豆渣之类揉合在一起，制成各式各样的米粑，其香味总是别具一格，回味无穷。伴随着山乡土灶中的烟火味一道蒸煮，阵阵香气顿时飘散到房前屋后，村里村外。放学后我们走在村巷里，一闻到飘荡过来的香气，便不假思索，撒腿就往家跑，原来已是七月半，俗称鬼节，家家户户做粑到祖堂上敬仰列祖列宗。

我们兄妹几个围在母亲的土灶边上下跳跃，关心着母亲每次揭锅以筷子试粑的动作，只要戳开粑心，内外同色，便可以食。母亲用手挡着，莫急，先要留开给祖先上敬的粑，然后才是你们的。急得我们几个伸手抓又怕烫手，用筷子夹又怕烫嘴，嗷嗷直叫。前屋的姨妈家没有做粑，母亲捡出一碗，要我送去，回来再吃，我又急又气，嘀嘀咕咕，差点掉出眼泪来，端着个碗，悻悻然离开了。

谁家做了新屋要上梁，我总是能第一个知道消息。上梁时抛粑长彩，是村人多年来传下的习俗，意在祈求家和事兴，风调雨顺，所以村人特别看重这一传统，就是经济再难，也要用力支撑一下，做上一些米粑来，以图个好彩头。房主人早早将一棵并不十分规整的横木梁用红纸包着，红线缠着，在众人的簇拥下抬至厅堂中央，两端用绳索束紧，一高一低，缓缓抬升，只要架稳横梁，木工和泥工师傅便齐声一喊，抛粑上梁，百业兴旺，发子养孙，万事隆昌。点有红记的白色印子粑从天而降，如雨洒甘霖，雪飘飞花，下面呼声震天，此起彼伏，人们举着各式各样的篮子、簸箕、斗笠、雨伞，挤挤撞撞，呼喊声、欢笑声、啼哭声，瞬间混成一片，乱作一团，抢到手上的多半零碎不整，捡到手上的和泥带土，污秽不堪。一到晚上，父亲拿出一包用手巾包裹的东西往桌上一放，当然是印子粑和几个糖子，这是东家给师傅们的特别"礼物"，都理所当然地成了我们几个坐享其成的"猎物"。

这些糍粑一般都是些杂粮所制，单独吃食而无味，干硬后更是咬不动，尤其掺些别的杂物，更是有些难咬，一不小心，甚至崩坏了牙也未可知。我特别怀念和母亲一起糍粑煮粥的旧时岁月，既可垫巴垫巴饥饿的肚子，亦可增加枯肠的润滑。艰难的岁月就是依靠这些毫不起眼的零碎来支撑，让乡人的生存得以继续维持，让青黄之间的空档能够勉强连接。随着生活水平的不断提高，乡人做粑也变得复杂而多样，白鹿人喜欢做些包心粑，用腊肉、酱干、芹菜之类作馅，大而柔软，吃起来香醇可口，回味隽永，几个粑下肚，晚饭就不用再吃了。

如今，这些经过沉淀后的色彩与回味却成了另一种乡愁，人们早已不做那些杂粮粗食，偶尔记起不过是想想而已，极少端上装饰精美的餐厅华桌，人们在吃着各式的牛奶面包之类的精细早点时，我却刷着叫卖乡愁的短视频，迫我回忆，迫我回去。我越来越不习惯住着高楼不识四季、闭着窗户不闻风雨的所谓现代文明生活，更多的时候，愿意回到从前那脚踏青泥、风吹雨洒的山乡田野，听鹧鸪啼暮，看四季花回，将一些生活的零碎碾磨成粉，和着些粗蔬粝果、杂花异草一起捣碎、揉合、蒸煮，邀儿时伙计、生命知己，持村醪一盏、糍粑几碗，于山村小院，伴夕阳箫鼓、明月松风一道，慢慢咀嚼咽下。

二○二二年五月廿一日

小饼如嚼月

九江的茶饼可谓是声名远扬，老少皆宜。宜在茶席之间摆一二小碟，碟中必有茶饼。金黄酥脆，香甜爽口，借着淡淡清茶的幽香，一手轻握，一手相托，轻轻咬开一枚，外脆内酥、芝香屑碎的如丸茶饼，正好消化口中的余润，一股甜香爽脆顿然涌上心头。苏东坡的诗句道尽此中真趣："小饼如嚼月，中有酥与饴。"嚼月的感觉我不知道，也许只有像苏夫子这样的大诗人才能感受到吧，但酥饴是可以直接体味的。伺茶的茶博士一边伺茶，一边浅笑，茶和茶饼之间也构成了一幅趣味横生的山中清饮图。

据说唐才子韦应物知江州太守时，来浔阳楼上会客，第一次吃到这样的黄金脆时正要叫好，却不知名为何物，问送饼的小二，小二也不知如何回复，旁边的老板上前一步，说，店里的师傅刚试制出来，请大人尝尝，还没有名字呢，请韦大人帮取个名字吧！韦江州是个爽快之人，听到此话，好不快活，忙说，既然是送来佐茶的，就叫茶饼吧。从此九江茶饼便在茶楼酒肆、坊间民巷中流传开来。

九江茶饼亦为庐山茶饼，现在的庐山上下到处能看到这些茶余饭后的小点心。像字号梁义隆的茶饼糕点就很受当时民国政要眷属的青睐。宋美龄每年上山都要派专人下山采购茶点，并点名要梁义隆的。1934 年的夏夜，宋美龄就是以此为点心在美庐别墅招待八方来客，并得到蒋介石的高度认可。渐渐地，这家店也不断兴隆起来，时至今日已然成了中华老字号。

星子的民间作坊不少，对糕点的制作既承传统，也不乏地域特色。像蓼南、蛟塘、横塘的茶饼、月饼、雪枣、麻花、油果、菱角酥、彩豆、徽子等，至今仍然是一些新老客户的至爱。横塘的蒋氏月饼也是令我从小垂涎不已，至老已是不尽的回忆了。这些技艺多是家族传承，与传承人是分不开的。蒋家的小哥生得眉清目秀，聪巧可人，偏偏精巧的双手上多生出一个手指来，人称"六指"，可做起饼来不仅好吃，还好看。我认识他时还是个小伙子，一有空闲就来村子上找毛姐，又是担水，又是担粪，日久天长，终于把毛姐熬成了个"月饼西施"，自己也成了传统糕点制作"非遗"传承人。

景德镇的朋友第一次来庐山就喜欢上九江的茶饼，可能是喜欢上茶席间摆一碟茶饼的感觉。之后我也多次应请寄赠茶饼却都未能如意，不是不好，是未能找到所喜欢的那款，这下让我有些为难。昨天在"非遗"展中遇到了一款新型茶饼，颜色青绿，导购开始滔滔不绝地介绍着茶饼的前世今生，我示意暂停，让我试试再说。茶饼香脆不变而更加清爽宜人，有如清风徐来,齿颊生津。原来是加入了庐山的云雾茶汁,故而名叫"庐山云雾茶饼"。也许是那位朋友心中所求而未得的吧,我果断地买了一袋,连同这冬日所蕴的云雾茶韵一起打包,寄了过去。

二〇二三年腊月初六

那张漆黑发亮的雕花床

一

多年后的我，双手策杖，再一次站在黄昏夕影中的老香樟树下，回首家山，那一抹黛影在我眼前闪耀、迷离并渐次模糊，我的眼泪，不由得流了下来。

二

那是一个黄夜最为黑暗的时刻，一盏昏黄不定的小油灯，照亮着狭窄的房间。十岁的姐姐睡在母亲身边，被母亲轻轻摇醒。珍仔，快去叫你姨，我可能要生了。姐姐揉着惺忪双眼，呢喃地说了一声，妈，你要生了？一边说，一边爬起身来，见到母亲痛苦的样子，心里早已是明白了大半。然后毫不犹豫，一个转身就爬了起来。不由分说，只身打开闩紧的大门，冲进黑夜中去。

伴随着婴儿的第一声啼哭，这个古老的小山村也跟随着春日的黎明一同醒来。这是初春的春耕时节，人们照常上工。村民们有的提着小木凳走向新秧苗壮的田野，有的担着空空的箩筐、莼篮，排成长长的队伍，议论着木匠家又添了第三个小子。妇女们提着装有各色洗涤衣物的木盆及菜篮，同样走在通往田畈的池塘边，唠叨着村中的家长里短，其中罗嫂家新添的儿子长成啥样，吸引了人们好奇的目光。人们放下手中的木盆或菜篮，纷纷挤进窄小的屋里，伸出头去，看个究竟。母亲头系一条浅色毛巾，斜倚在床头。姐姐忙前忙后，又是烧水为新生的婴儿擦拭，又是找出各种破布旧巾，作为包裹，等村中的妇人孩子挤进来看时，婴儿早已静静躺在母亲身边，眯闭着双眼，脸上红嫩多皱，一任众人怎么瞧看、议论，也不理会。这个刚出生的婴儿就是我。

姐姐将家中仅有的一小碗米粒倒将出来，给母亲熬了些粥，端到床前。妈，你喝点粥吧！母亲接过碗来，对姐姐说，你也吃点吧。等你爸爸回来了，就好了。姐姐说，也不知爸爸什么时候能回来，家里一点米也没有了。母亲说，都出去快一个月了，也不管家里死活，心真大。母亲一边抱怨，一边把碗递给姐姐。等吃完了，你就去大妈家，看看能不能先借点米来垫垫，等你爸回来了就还她。母亲接着说。姐姐只轻轻地嗯了一声，就收拾好碗筷出去了。

当下正是青黄不接，家家光景都差不多。好在当天夜里，父亲就从几十里外的山里赶了回来。每到这个时节，父亲在外做工，不收人家的工钱，仅仅是以工换粮，不管是什么粮，只要能充饥就行。东家有的给点小米，有的给些杂粮。我家的孩子多，就是父亲在外做工，也难管住家里这么多张嘴。母亲是最能理解丈夫在外的处境的，总是先苦自己，带有小米粒的稀饭不是给孩子，就是留给自己的丈夫。因为她知道，丈夫的身体更重要，一家大小的吃喝拉撒都得靠他，他可是这个家的顶梁柱。到最后自己只能喝上点小米汤，说是小米汤，其实就是清淡的水。这样的日子，大概我们上一代人的记忆比我们更为深刻而持久。

三

村里最后一栋古木架构的土坯房，它本来有东西两间厢房，中间的客厅最是宽敞，有前后两排玻璃瓦铺置的透窗，乡人一般称作明瓦，日光好的时候，可以照见大厅正堂上的木制板架（农人称之为方）及架上早已褪色且斑驳不堪的四方红纸上的四个大字——吉星高照。字体劲健峻拔，力足气满。由于长年的气蒸烟熏，整个木柱、横梁、木椽、门框、墙板及室中少有的几件家具都漆黑发亮，完全改变了它们原有的色泽。

这是一户既讲家学传承，又穷得叮当作响的普通农家，老屋的木构支撑着百年岁月，四周的土坯外墙终于敌不过岁月的风霜，每隔二三十年就更换一次外墙，每次更换的还依然是土坯墙，我记得二十世纪六十年代末或七十年代初，在父辈们的商定下，又一次更换了外墙。拆下外墙的裸屋，独留着木构的支架，室内的坛坛罐罐全露在外面，实在是很不雅观，像个裸露的老者，对于所有过往的路人来说，毫无秘密可言。更换后的外屋，看起来又像是新屋一样，让我也高兴了好几天。只是走进室内一看，一切还是照旧，又让我怎么也高兴不起来了。

大厅的左厢房里，一张漆黑发亮的雕花木床显得有点醒目，因为除了它，整个室内几乎没有其他像样的家具了。有人说，床是梦开始的地方，也是梦结束的地方。奶奶住在这张床上时，我还没有出生，那时家里就只有这栋土坯房，据说还是在大爷手上建的。奶奶在这张床上没住几年，生下父亲就早早离开了这里，因为那时的爷爷看上了一个比奶奶更矮小的邻村少妇，爷爷敌不过邻村少妇的纠缠，只好回来休了奶奶。这在当时是很难接受的事情，奶奶在家苦劝了几晚，也哭诉了几晚，任其据理力争和申诉求告都无济于事，最后还是没能改变结果，一纸休书逼得奶奶无处可归，只好回娘家待上数年。我出生后，奶奶早已是个老太太，但眉宇间的清秀与善意透露出其年轻时的清丽与温婉，白净的肤色，纤巧的身材，婉步的金莲小脚，绝对是那个年代标准的美人形象。可惜爷爷很难意识到奶奶的可贵，年轻时只一味地猎奇，加之奶奶性格软弱温顺，说起话来低声柔语，不但未得到爷爷的疼爱与珍惜，且时常受到羞负与欺凌，尽管后来有所后悔，但追悔的时间并不太长，爷爷就一命呜呼，早早地离开了我们。爷爷离世的那年，母亲刚嫁过来不久，连大姐都没来得及出生，致使到现在为止，所有关于爷爷的记忆都源于传说。

四

爷爷是个木匠，论手艺，是一顶一的好手，一手细致工巧的木工活远近闻名，除祖上留下的一点基业之外，很早就赚得了十几亩良田，数间房舍，但爷爷并不是个守业的主，能赚多少就能败多少，加之年轻时浪荡好赌，没几年工夫又将手中良田屋舍输个精光。没地方混了，就挤占到大爷的屋下，此时的大爷已经是奄奄一息，因膝下无儿，只有一女，便答应将房屋给爷爷，前提是将父亲过继给大爷，一切按预定的方向走，大爷也是在抚触着父亲的脑袋时合上了双眼。

那张漆黑的雕花木床是我所知道的爷爷少有的存世作品之一，宽厚的床钉已磨砺得光洁透亮，两头的垛床上、床架上是各式人物及缠枝花卉，线条粗细有度，匀称流畅，彩色油漆有些斑驳，有的人物头像已经凿去，凹凸不平，露出新鲜的木痕，不时还透着原木的清香。手扶床垛上的狮子柱头，反复摩挲，细腻温润，颇多快意，通体而观，红黑相杂，结实大方。

有了这张大床，就有了一大块整体而独立的空间，也就有了私密而安定的大后方。有时是白色的漫漫蚊帐朦胧迷离，有时是独特的木架空洞透亮，不论你怎样翻滚，甚至敲得木架子咚咚作响，也难以逃出它的掌心，因为母亲从不让我睡在靠床钉的外面，那是一个邻近踏板（即床前的鞋凳）的地方。

灌有荞麦壳的长枕像两条长蛇安伏在木床的两头，枕头的两端绣有带着喜字或花卉的纹饰，床上的被子折叠得平整而大方，特别是经过晾晒后，枕着悉索的绣花枕头，盖着闻着带有阳光味道的被子入眠，梦乡离你更近。奶奶在这张雕花木床上生完父亲没过几年就离开了。后来父亲又是用这张木床迎娶了母亲。姐姐、大哥、二哥和我在这张雕花木床上相继出生，出生后没几年，就挤出这间小小的屋子，住到旁边的横屋里去，一盏墨水瓶制成的小油灯伴随着我们姐弟无数个黑夜与晨昏。

五

我记忆中的爷爷却是一个叫陈仙爷的老人，有人也呼作神仙爷。年轻时漂泊至此，一直未来得及成家，等漂泊到横塘铺医院时已经是三十出头，后经人介绍，年纪轻轻的陈医生便成了我真正现实中的爷爷。爷爷算不上英俊与高大，中等身材，又老又瘦，满头白发，脸上却有两块驼色，一口的丰城口音，说话又急又促，莫落刮着莫落刮着（别掉了别掉了），莫刷刮着莫刷刮着（别洒了别洒了），让我们觉得又好听又好笑。从此以后奶奶也开始过上了相对稳定的生活，而我们也终于失而复得，找回了来自爷爷的那份疼爱与呵护。憾在奶奶再也没有生个一男半女给陈医生，直让陈医生把我们兄弟姐妹六个视如己出，那份真爱让我追忆起来常常是热泪盈眶。

爷爷奶奶把他们的老年时光全部活给我看，正如我把自己的童年活给他们看一样，也就是说，我无法知道他们年轻时的样子，一如他们再也没有机会知道我长大后的生活状态。世事往往就是这样，每一个人，都只能占有历史长河中的某一段时空，当生命一旦离开了那段时空，无论你怎么争取追忆，都难以回到你想要回去的从前。据说如果有时光机的话，也许人能追上那段正在进行演绎的旧时岁月，假如这个说法成立的话，回忆起那些遥远的记忆或改变那时的运行轨迹也就简单得多了。奶奶从来不会同我们谈及他们曾经的过去，她不会说故事，也是一个不敢相信自己的经历也可以称作故事的人。那时我们也不懂得大人们的忙碌与心事，只知道忙着自己的事情，将一些毫无头绪的杂事、琐事、废事过得那样的不管不顾、暗无天日。越是这样单纯，感情也就越是真挚，我不知道亲生和非亲生是为何意，从来就没有怀疑过爷爷对我们的亲情，我没见过所谓的亲爷爷，后来的陈医生就是我的亲爷爷，甚至比亲爷爷还要亲的爷爷。当我开始有所意识时，爷爷却在一次高血压的冲击下，离开了我们，那年我十三岁。

六

俗话说，爹娘疼细崽，爷奶疼长孙。大哥作为家中的长孙，两岁半时就来到爷爷奶奶身边。那时的爷爷奶奶也许还很年轻，他们住在永红医院（位于现在的苏家垱乡），离家有二十多公里，又靠近湖边。爷爷先是租住在一栋村民的土坯房中，房前有一个不算宽敞的场地，四周环植着参差不齐的冬青，冬青之外就是高高的黄土长坡，天晴还好些，一到下雨天，地湿路滑，非常难走，正应了当地人的那句俗语，天晴一块铜，下雨一堆脓。放眼不远，就是鄱阳湖的湖汊，湖汊的四周胡乱生长着各样的水草与芒蒿。加之湖边的血吸虫泛滥，一不小心，就有可能患上大肚病。在爷爷奶奶的眼里，湖边的一切都是毒蛇猛兽，沾惹不得。大哥从小跟着爷爷奶奶长大，也让爷爷奶奶操碎了心，没有父母在身边，加之溺爱，隔代的管束几乎形同虚设，也让他的调皮劲儿不受限制地疯长，差点长成一个坏孩子。等到临近小学毕业时，关键的决策又让父母嘀咕了好几个晚上。如果是继续上初中，则要到离家很远的地方去，爷爷奶奶鞭长莫及，怕是管不到孩子了，父母憋了好久才正式对外宣布，把大哥召回。

回到父亲身边，开始了他的木工生涯，在父亲的言传身教下，大哥从一个顽皮的坏孩子慢慢成了一个颇有创造力的新式木匠。这一干就是一辈子，后来纵使几次换动工作，都离不开木匠这个职业。他的每一点进步都会拿来与我分享，尽管我只有五六岁的样子。我喜欢大哥还有另一个原因，晚上回来时偶尔能从他的口袋里搜出一两颗花生糖果之类，这件事让我乐此不疲。后来我常常想，大哥是不是有意为之，又不肯直接给我，故意留在口袋里等我来拿。其实大哥一点也不是坏孩子，是属于脑子特别好用的一类，只是年纪太小，个子不高，身体根本没有长开就过早定型，锯个木料脚下得要垫上几块砖头才勉强够得着，一脸的稚气也早早地褪色，随之而来的是生活的艰辛与世事的沧桑。

七

在我的记忆中，一年到头，很难有一件新衣服降临到我的头上，连鞋子也是捡着哥哥姐姐们的穿。一件衣服传递到我手上，一般需要十年八年的了。那时的衣服布料，多是粗纺棉布，时间一久，就很容易老化褪色。

初春的一个早晨，我们几个小伙伴在队里刮草皮，然后担着草皮从田间回来，弟弟也在其中，身穿一件破旧棉袄，很长的后摆露在外面，走起路来，一摆一摆，引得同行的小伙伴们嘲笑，弟弟并没有在意，只是有个同伴说他穿的是一件抱围。所谓抱围，就是包在婴儿屁股后的一小块方形围毡，因为小孩子穿的是开裆裤，小屁股露在外面，必须要有一块抱围包着，既能挡风保暖，又能起到装饰遮羞的作用。孩子小的话，也常常将屎、尿撒在抱围上。有的家长常常在一块抱围上大做文章，绣花拼彩，做成一个实用型的艺术品。弟弟见同伴们这样嘲笑，感觉自己受到了极大的侮辱，才觉得气愤，回家后跟母亲大吵一场，再也不肯穿上那件破棉袄了。

那时的衣服颜色单一，以青色（黑色）为主，偶尔一件别色的衣服，则珍之如宝，看得特别重。一次，村中一个小伙伴穿着一身草绿色的军装，在村前村后转了一圈，那份神气特别带劲，大伙儿都喜欢围着他前后转，尽管他无法撑得起那件军装。那时流行的就是这样一身草绿色的军装，但对于农村的孩子来说，要想拥有这样一件军装，是近乎奢望的，是不可能的事。但有一种情况除外，那就是家里有人当兵。那位小伙伴就是因为他哥哥在外当兵，才有这样的机会，而如果他比哥哥小几岁，身体比哥哥矮一截，就没有这样的好运了。

其实我也有很深的军装情结，所以很长一段时间都撺掇大哥去当兵。此时的大哥已经是个好劳力，木匠活做得非常出色，但他却志在四方。过早的职业定型掐灭了他幼小的梦想，但梦想的火花又时时在心中闪烁。对于农村人来说，能跳出农门的唯一途径怕只有当兵一条路了吧。他跑前跑后，偷偷去参加体检，回来时照样赶到户上干活，那段时间他像疯了似的，可惜并没有得到父母的多大支持，但哥哥心意坚决，父亲不好过分反对，有点像老庄态度，顺其自然。几次体检下来，都顺利通过，大哥高兴了好几个晚上，甚至向我多次展示他的美好未来。我望着他那高兴的样子，内心也欣喜若狂。因为在我的心里，只有大哥当了兵，我才能实现我的军装梦。可惜那年农村当兵的人非常踊跃，指标远远不够，就在最后一关被挤下来了。大哥伤心了好几天，很想再去作作努力，但又无力回天，我站在他的身边，却帮不了他任何的忙，我的内心也不好过。大哥彻底失望了，我也彻底失望了。大哥的失望是他的军人梦，我的失望是军装梦。看到大哥沮丧的表情，我不忍多说一句话，只有默默地把自己的军装梦埋在心底，不让大哥心里的负荷再增加一根稻草。后来我也动过当兵的念头，穿上一身绿色的军装，威风凛凛，只是命运的牵引之绳没有给我任何机会就早早地把我引入了另一条道。

平时爷爷奶奶并不经常回来，而我每到周末就想寻找机会去看爷爷奶奶。同学乐丰的爸爸刚从横塘调去永红医院当院长，一次刚吃过中饭就来邀我，我望望母亲，得到母亲的默许后才敢出门。我赶紧找来自己的鞋子，塞进两个裤兜里，只有快到目的地时，才擦擦双脚，穿上自己的鞋。刚走过横塘铺街，似乎身后有人影闪过，当时我并不在意，走到熊家港后，转身一瞧，弟弟跟在后面，这让我很为难，因为我知道，弟弟跟来母亲并不知道，我劝弟弟回去，怎么也劝不动，没办法，就这样一路走，一路跟，我停他也停，我走他也走，总隔着十几米的距离，最后的妥协是，弟弟拿出他藏在衣兜里的一块玻璃镜片要给我，我问是哪来的，他说是捡的。虽然我并没有接受他的"贿赂"，但看他可怜兮兮的样子，内心一横，才勉强接受了他跟随的事实。后来奶奶知道了我们路上的情况，好好地教训了我，爷爷只是说，下次要带着弟弟。我以为的自己的"正义"之举，到爷爷奶奶这儿全错了。

我以为，那时爷爷扬竿的姿态非常洒脱，每次带我出门时总要备足功课，先是把我叫到跟前问问我的情况，然后递给我一毛钱又将手一缩，问我哪儿能抓到蚯蚓，我带着爷爷抓了一小罐蚯蚓，便背着篮子跟在他的身后。初夏的天气尚好，岸风拂柳，碧波荡漾，横塘铺前的小河，石桥朱塔两依然。我们在石桥附近，支好鱼竿，又向河中抛打米酒浸染的糠粑，群鱼骤聚，上下游动，搅得河中的水浪翻滚，像嗷嗷待哺的小鸟。爷爷扬竿收竿的样子让我第一次体验到潇洒一词的含义。我捡鱼的节奏几乎赶不上趟，站在一旁的刘晓霞看得尖叫，这个比我大好几岁的美女同学完全失去了在我印象中原本矜持的模样。一个下午下来，装鱼的筐子已经满了，我还是跟在爷爷后面，一老一少，背着夕阳，一起走进那渐行渐浓的黄昏。

八

那年冬天一早醒来，似见窗玻璃上聚结着蒙蒙水汽，我拉开印有竹子的蓝色窗帘（这是我选定的窗帘，也是我最喜欢的色彩与纹饰），仔细一看，却是些菱状的冰花，平时早起的奶奶也没有起来，当我打开大门，一股寒气直扑过来，漫天大雪，万物皆白，整个乡村变成了一个童话世界。门前一棵高大的枣树上落满了积雪，那堆象征着农人财富的柴垛上也被大雪盖得严严实实，极像个童话中的小木屋，里面一定住着幸福的白马王子与美丽公主。很快就有一行足迹延伸到大门前，母亲提来了炉子，里面是草木燃后的余焰，父亲早早准备了半篓木炭，一直未舍得用，今天我得理直气壮地以奶奶的名义用上。村中的道路上渐渐多了脚印，多了喧哗。往外一瞧，家家的房顶上都冒着热气，煮好的红薯饼粥和着一些豆角、辣椒、萝卜干之类的干菜，伴着霉豆腐与豆瓣酱，一顿又香又甜的农家早餐很快就准备好了。

在我的内心里，是不忍心用肮脏的脚步去踩踏这样的洁白，玷污这样精美的世界，随着村中的喧嚣与嘈杂声增多，来往的足迹也不断增多，一条由白转黄、由黄变黑的雪路渐次形成，且越来越粗，越来越长，弯弯曲曲，连接到每一个活动的门前，道路相互连接，相互交织，一个洁白的童话世界就这样走进了千家万户，落入了眼前的现实。

黑婆、疤头、长滚几个小伙子早已扛着猎枪进山去了，有人邀我带着篾筛、黄米去后山捕鸟去了，艳滚、老六、老毛、滚仔、水生跑到后山捡柴，在防空洞里烧起窑米来。所谓窑米，是将正在燃烧的木柴通过隔绝空气使其窒息炭化，待其冷却后可用以取暖的燃料。烧成后的窑米乌黑一片，一般只有粉笔头粗细，也有一些芭茅之类烧后就成了黑灰，如果是粗壮的木料烧制那就成为木炭了。我们村里没有这些粗料，只能烧些芭茅木柴之类，算作窑米了。但小孩子的防患意识差，一旦燃烧起来，往往把控不了场面，四处逃窜，容易酿成火灾，所以村中大人严禁小孩玩火，那天被大人发现了，追来问罪，吓得他们四下逃窜。有人告到队长运鉴那儿去了。那次我什么鸟也没有捕到，知道他们烧窑米的事，还在后悔着自己没能参加，尽管他们个个落得落荒而逃。奶奶知道后，以烧红薯作为诱惑，把我关在家里，再也不让我出门。

九

村子似乎一夜之间改变了原有的色彩，一些发展得比较快的村民开始建起了自己的青砖瓦屋，尽管村子的整体色调还是土灰与青葱，但一切在萌动，在延伸，在悄然改变，像初春的村前小河一样，在蜿蜒曲折中向前。爷爷走后的十多年岁月里，父亲又将奶奶接回家中，重又住进了这栋已经为数不多的土坯房子里了。此时的我和弟弟一起，陪着奶奶住在这里，奶奶又睡回了那张伴有她青春记忆的漆黑发亮的雕花床。

在奶奶离开这张雕花床的几十年岁月里，伴随着这个村子的流变，她的子孙们也在不断地繁衍、分散。大姐长到二十四五岁时母亲也不舍得把她嫁出去，临到出嫁的那天，母女俩赖在那张雕花床上不肯下来，催婚的锣鼓一阵紧似一阵，直催得母女俩撕心裂肺，又哭得难舍难分。最后还是奶奶忍泪劝开了母女俩紧抱的双手，"上花轿呐"的吆喝声和"滴滴答答"的唢呐声混成一片，雪花儿似的彩絮飘飘扬扬地送走了新娘。我成了送亲队伍中最小的主人，牵起另一张雕花床上的红色被角的那一瞬，别样的惊喜让我兴奋不已。

重新回到几十年前的旧床上的奶奶，一定回想着自己一路走来的坎坎坷坷。只是她不肯说，她也无法诉说。因为我不知道，奶奶除了我们几个孙辈之外，还有没有一吐心绪的朋友。

我和奶奶还是有许多话说的。比如要是看了电影或星子大戏回来，奶奶总是要我讲戏中的故事给她听。她说，看戏的人就要带戏回来，以前你爸爸就是这样。每每遇到这种情况，我必须胡编乱造一通，反正奶奶没看到，她也不可能去看，好糊弄。奶奶既不生气，也不揭穿，笑而不语，任凭我胡说八道，不肯说破。

我上学了，后来又是初中、高中，我喜欢用手中的笔不断地往墙上、门上、柱子上、鼓皮木板上甚至床沿、床架上涂抹一些我认为好看好玩的字迹图画。我把《诗品》二十四则抄在几张大纸上贴在墙上，我把自己编出的名言用刀刻在大门的立柱石上。不光我写我刻，我也隐约看见还有一些旧刻旧迹在上面，不知是谁刻的，也不知是什么时候刻的，反正我没看到。也许一屋子的世事沧桑与岁月积淀就是这样一笔一画垒成，等到时光机器在这些土质木质的块面上不断地改颜换色，厚厚的包浆也敷衍了它们的原色，变得漆黑发亮。

我有一个木架，钉在房门后的鼓皮墙上，是大哥为我做的，由木板构成，我把很多的红宝书、连环画、小说、诗歌甚至带卷无皮的课本不断地往上叠加，先是一排，后又加一排，再加一排，终于放不下了。奶奶帮我整理得整整齐齐，俨然一个书房的样子。我邀同村伙伴来玩，也邀同学老师来玩，更多的时候是我一个人看书或做着自己喜欢的事，根本不理会站在我旁边的奶奶的身影。

奶奶自己也养着几只鸡，每天早晚放鸡、关鸡、给食，是她晚年时光中的大事，周而复始，自然而然。有好几次，奶奶叫住我，要我进去，将一锅煮好的鸡蛋面条放在我的面前，我有些兴奋，但很快就迟疑下来，我能猜到，这是爸妈特意为奶奶留的小灶，但眼前美食的诱惑与奶奶的力促让我很快失去了坚守的防线，三下五除二地吃完，摸摸肚皮一溜烟就跑掉了，只是这天的中午饭就再也吃不下了，直叫母亲纳闷了好长时间。后来弟弟妹妹也说起同样的事，我才恍然大悟，继而默不作声，装作一副没有他俩好运气的样子，羡慕起他俩的幸运来。

每次我放学回来，总能看见奶奶扶墙直立的样子，像在翘望，又像在等待。这个印象在我脑海中存储很久很久，总是挥之不去。之后也常常在梦中相遇，还是那个样子，有时一梦醒来，冷汗淋淋，鼻子一酸，泪水就滚落下来。

十

紧挨我家附近住着两户人家，都是父亲的同辈人。一家生下五个儿子，生到第六个时，心想，老天爷发发慈悲，这回该给我派个女儿吧。谁知一会儿的工夫，又是一个儿子。妇人说，扔一边去，别让我看到。另一家人却生了六个女儿，且个个天生丽质，聪明伶俐。也是生到最后一个时，希望命运能改观，无奈天不遂人愿，让他们完全失去了信心。

他们的子女中都有与我同龄的人，后来我们成了同学，一起上学，一起放学，有时还一起参加生产小队里的集体劳动。由于村子较大，没有计划下的生育观，让一切生育成为自然现象，人生天养，尽管物质条件并不丰富，甚至是匮乏，但并不影响我们的成长与快乐，年龄相差两三岁的男孩女孩至少有二三十个，无论干什么活都可能是群体行动，包括读书打架，偷鸡摸狗。

村中的饮用水井掘在村头的水塘边。青石板凿刻的圆洞井门覆在井口上，有两个成人合抱那么大，井口边沿凿刻着一道小小的排水沿，目的是不让井外的废水排入井内，而是顺着水道排放出去。井内是由四块同样方正的青石围合而成，成为一循，由于水源丰沛，水井并不太深，只有五六循的样子。村人一般都是早晚各打一次水，挑着个水桶来回于村里村外，很是一道风景，时间一长，路两边留出两道浓浓的水印，是担水的人摇晃挥洒的结果。路边的青草有时过膝，青翠欲滴，不时传出各种草虫与青蛙的鸣唱。

村中的姑娘担着水桶走在村道上，两条长长的麻花辫子在身后摆来摆去，着实好看。她们一般都是习惯性低头，只顾向前，生怕桶里的水洒落了。我以为明姐是村中最好看的姑娘，身材匀称，皮肤白净，乌亮的大眼睛总是那样柔情似水，温婉可人。每次早晚打水都能碰见她，她点头致笑的样子极富美感。可惜村里的姑娘一般都不太读书，十七八岁的样子就早早嫁人生孩子去了。我打水的历史比较长，先是跟在大人后面一小桶一小桶地扛，渐渐就歪歪扭扭地担起水来，等到我上初中后，就成了老手了。我的手劲很好，双手在井中提水，根本不需要提桶在井沿口小歇一站，就直接提出井口，稳稳地放下，桶口里的清水荡起细微的涟漪，在早晨的阳光下，闪闪发光。

十一

村前的风波塘是我们眼中最大的水面世界。池塘边有两排伸向池中的青石板桥，一棵老乌桕树几乎横卧在池塘水面上，一些柳枝蔓草环池而生，除一条沿田小路外，四周也是芳草萋萋，直到山脚。田野早已长出青翠的稻禾，一入初夏，稻禾抽穗，青嫩的谷粒尖尖上露出白丝一样的小花，经风一吹，清香扑鼻，引来无数的蜂蝶飞来飞去，田野开始由青泛黄，一些夏虫一夜之间也全跑出来一展歌喉，同庆即将到来的丰收景象。每天一早，村里的妇人们大桶小盆地提着换下的衣服洗涤，阵阵的捣衣声与妇人们的说笑声总是一天热闹的开始，东家长西家短的新闻旧事都要理出来评说一遍。海嫂子说，昨天炎哥家生了个又白又胖的女儿，忙坏了一家人，也乐坏了一家人，英婶子一脸的愁气一下子全没了。莲嫂子说，是呀，炎哥都三十多岁了，头一次看（生）崽，能不高兴吗？说着又是一阵阵笑，直搅得池塘中的鸭子沿着水面飞起来了。

一过午后，又渐渐有了村童的身影，太阳还没有落山，池塘边又开始了新一轮的热闹，村中的男孩拖拉着一双双拖板鞋，很快就占领了池塘的全部，越到夜晚人越多，劳累了一天的农人们带着最为简短的衣裤走向池塘。燥热的身子与清凉的池水相触，一股难得的畅意涌遍全身，静静地待在水中浸泡几分钟，那份陶醉与享乐让农人们早已忘了自己身处何处，心属何方。

一任池水的浸泡与涤荡，洗去一天的尘垢与疲乏。我喜欢这面水塘，还因为在池塘的对面种植着几棵蒿笋，由于池塘水浅泥厚，这种水生植物只要栽下去，就能成活，而且很快疯长，结出的蒿笋又嫩又白，每次采摘回来，一面剥笋，一面展望下一次采摘的时间，直叫我们几个小屁孩高兴不已。

十二

如果说，那时的条件艰苦，物资匮乏，乡村的孩子就少了幸福，相比之下，现在的条件好，可以享受更多的改革红利与更好的教育资源，现在的孩子就更幸福，我可能不同意。也许当时自然条件与客观资源确实不如当下，但幸福的定义可能随着时代的变迁而又有了新的涵意。人是个奇怪的群体，好的条件下还想更好，再艰难的条件下也要过，纵使没有了快乐，我们也能找到适合自己的宣泄方式与释放渠道，让积郁释放出来，让自己快乐起来。放牛就是一件很快乐的事。那时的牛都属于生产小队里的，一般都是把牛分派给各家各户饲养，规定好一年多少工分，如果养不好的话，到年底就要扣工分了；如果养得好的话，也许会给予适当的鼓励或奖励；如果养死了，又是人为的原因，那可就惨了，得赔。所以谁家领养了牛，就成了一家人的事。我家领养的是条新晋的成年水牛，一年七十个工分，即饲养好一头牛，不出问题，到年底就能领到七十个工分的钱。虽然理论上是这样，但在实际生活中，往往是数字上的游戏，也就是说，纵使到了年底，老百姓也分不到什么钱，有很多年份，辛辛苦苦一年到头，除了混张嘴，什么也落不下。

牛是以我二哥的名义领养的，但却是全家的责任。母亲为了不耽误我的学习，就让二哥专职放牛。每次二哥放牛回来，总要讲些放牛中的趣闻逸事，尤其是他们将牛放入山中，任其自由吃草，同伴们就可以躲到树荫下谈白说怪，甚至上山摘些野果珍蔬来吃，说得我直流口水，欣羡不已。我甚至暗地央求二哥让我帮他放牛，他去上学。终有一日，他答应了我的请求。为了培养与水牛的感情，我总是主动跑去牵牛喝水，为它备足草料。晚上甚至打着手电筒也要去看看水牛睡觉的姿态。其实我的内心早有盘算，骑牛出村是最威风的事，也是最快乐的事。当别的同伴都牵着牛出村，我有些疑惑不解，不明原因的情况下，只自顾自耍，骑上牛背一路扬鞭，不料这个事让队长看见了，被狠狠地骂了一顿，我甚至莫名其妙，弄不清为什么挨骂，后来人家告诉我，空腹的牛是不能骑的，我这才恍然大悟。

傍晚时分，别的同伴开始陆续骑着水牛准备回来，而我的郁闷情绪还未完全舒缓过来，思忖该不该骑牛回来。见别的同伴一个个都骑着牛回去，我落在后头总可以吧。终于找到了理由，纵身一跃，居然又骑上了牛。那份满足，还没有来得及细细体味，胯下的牛瞬间奔跑起来，差点把我摔下。我有些慌张，越是惊慌，就越是害怕，牛越是跑得凶，急得我直冒冷汗，手抓牛背不敢放松，该死的牛发了疯似的越跑越快，别的同伴也有些惊慌，意欲上前拦截，都无济于事。眼看跑过一道山梁，接着又是一道长长的陡坡，如果任其奔跑的话，冲坡的力量可能更大，风险也就更大，就在这千钧一发之际，我选择了跳牛。只是奔跑中的牛比平时要高得多，跳牛的过程也就是摔跌的过程，这重重的一摔，让我顿觉眼冒金星，五脏俱焚，差点摔死过去。

自此之后，我恨死了那头牛，再也不提放牛的事了。不知过了多久，二哥也没有再放牛，而是参加了新的工作，他的首份工作就是在关帝庙跟着师傅学打铁。我没有见过他打铁的样子，所有的印象，都是从别人那儿听到的，只是没过多久，可能是他感觉太苦太累，就逃了回来，再也不肯去受罪了。而当时虽然有些恨那头水牛，但时间一长，恨意渐消，思念滋长，只是没有机会再见到它的样子。后来听村友说，那头牛不知怎么回事，过了几年，自己也摔了一跤，没过多久就死了。我听后怅然若失，内心仿佛有无限的歉意。

十三

如果说放牛是集体的事，那么养猪则是千家万户的事。我村有养猪的传统，也就是说，几乎家家户户都要养上一两头猪。在大集体的生产过程中，大概养猪是唯一的私人行为。当然这种说法也不准确，一是养几只鸡或一条狗也都属于私人行为，但比起养猪来重要性却要微小得多。再者说养猪属于私人行为，但养猪的附属事项又是集体行为。比如猪栏里的沤肥就完全是集体的，也就是说，一头猪是你家里的，但猪拉的屎尿却属于集体的，如果有人发现某人把自家猪栏里的肥料私下运到自家地去了，则属于盗用公有财物罪，性质完全变了。这样的风险还是不能冒的。

每年开正不久，就能听到父母在床上嘀咕，母亲说，现在栏里只有一个猪崽，你得赶紧想办法，再捉个猪崽来（村里人说买猪就叫捉猪），不然的话，下半年栏里就要空栏了。所谓空栏，当然是指栏里的猪崽半年后就可以出栏了，必须要在此时再添一只小猪崽搭配饲养，那样的话，到了年底，还可以赶上宰一头猪过年，这样的年景就像模像样了。父亲说，我也在思考这个问题，只是猪崽价格太高了，前天我在山里看了一户人家猪崽，确实可爱，有二十一斤半，要一元一斤，我拿不定主意，所以回来问问你。遇到这样的大事，一般都得由母亲拿主意。母亲说，怎么涨那么多，前天还是九毛六呢。

我在一旁听了，心想，猪肉不是七毛四一斤吗，怎么变成一块了呢？我不好说出声，继续听母亲说，明天再去看看，如果猪崽苗好的话，还是捉来吧。

一宿无话，第二天傍晚时分，父亲就带回来一头小猪，放在一起，一大一小，小的总是抢不过大的，被大的拱到一边不敢出来。我只有赶走大的，等小猪吃得差不多了，才让大的哄哄唧唧过来，气得大的敢怒而不敢言，心想，等主人走后，看我怎么收拾你。几个来回过后，大猪的蛮横讨不到半点便宜，乖乖放低姿态，平安相处了。后来的发展是，小的欺负大的的事时有发生。

家里多添了一头猪崽，母亲开心不少，我却愁绪添多。不但要多添猪草，还要减少我们的饭食。每天早饭母亲总要多添点米，煮上一大锅粥，人根本吃不完，之后全部成了猪的喂食。我很不理解，明明粮食这么紧张，母亲为什么对两头猪这么慷慨。我不敢问母亲，怕挨骂。几个月后的一天中午，母亲回来后去猪栏里一看，大的猪躺在栏里口吐白沫，吓得母亲六神无主，竟号啕大哭起来，一旁的村妇女主任林姐见状后说道，这是怎么了，一头猪就让你哭丧了，你是它的什么孝子贤孙？母亲止住哭声，不停地说，这不是要了我的命吗，我怎么向孩子他爸交代？

林姐说，这是饱潲瘟，食物中毒，快去找郭长子来打一针，没事。急得我赶紧跑去找郭长子。郭长子是公社的兽医，他不在，是他的徒弟老疤来了。

十四

农村最热闹的时候还是每年的春节。一到腊月，人们就开始忙碌起来。熬糖，切糕（冻米糖），炒薯角及花生瓜子。那时几乎家家户户都要养猪过年，队长是个杀猪能手，一入腊月，队里就开始安排杀猪的计划，这也忙坏了我们这些看了一家又一家的小看客。

　　刚好能装下一头猪的大木盆（乡人称之为榨盆）是村里的集体财产，谁家拿到了榨盆，谁家就临到了杀年猪的时刻。队长的徒弟是后来的队长，每一次收拾刀具都是那样的干净利落，绝不拖泥带水。女主人先是准备好一大锅开水，男主人与队长、徒弟们一起到栏里抓猪，一根又黑又粗的绳索套上猪头，队长上前猛抓猪的双耳，大家前拉后推一起往榨盆跟前拖。嗷嗷直叫的猪再怎么力挣也敌不过众人的围困，被拖上由两条木凳构成的临时猪床，四肢已被屠手牢牢抓住，一只伴有清油、食盐和清水的桶已在猪脖下等待多时。队长拿起锋利的尖刀对准咽喉就是一戳，一股鲜血直冲木桶，叫得更响的猪仍作困兽之斗，只是无力回天，不一会儿就成了一摊肉泥，队长放完猪血后将猪一翻，重重地摔在地上，直看得我们热血沸腾。接着又是泡猪、拔毛、反复搓泡，大人们伸出双手，帮助拔毛，有时我们也伸出小手准备帮忙，被大人们一声呵斥，赶到老远。奶奶在门口不断地喊着回家，于是我们就一哄而散各自回家，准备提着篮子和木盆，开始分年猪了。于我而言，村中还有一处公共活动，是必不可少的，那就是家家户户备好了大红纸，请村里的老先生帮忙书写春联。

　　腊月二十九这天，是我村子里传统的过年，俗称玩年火。一早起来，家家户户就开始忙活，准备好祭敬祖上的祭品。远在外地的人再晚也要赶回家来。一过午后，就开始零星响起了鞭炮声，越临向晚，鞭炮声越密集，以致成为阵仗。猪头、美酒、香烛、鞭炮，都朝着一个方向——村中的祖堂聚集，此时祖堂内已是乌烟瘴气，烛火熊熊。家中的孩子已分得一些烟花爆竹，燃支香，在外面到处放炮。平时大人管得严，此时也无心管束，一任这些小孩翻天覆地。等到有人家开始关门放炮，家家的年夜饭也就正式登场。

由几张方桌拼接而成的年夜饭桌，人们在不断地往上添放菜肴，高嘴的火锅冒着熊熊炭火，大盆的红烧肉、瓦罐鸡、清蒸板鸭、红烧鱼，重重叠叠，热气腾腾。奶奶坐在大厅的上边，望着满堂儿孙，接受着子孙们的敬意与祝福，脸上露出欣慰的笑容。

那年的除夕，二哥迎来了他的第一个孩子，要我为之取名，我从李商隐的名句"庄生晓梦迷蝴蝶，望帝春心托杜鹃"中裁出"晓梦"二字送给了她，也将美好的祝福与祈愿送给千家万户沉醉在过年氛围当中的所有人。

啸爷其人

与啸爷相识于某个微信群中，也许是我曾无意间发过几张砚台的照片，也许是随意发过几句议论。一日，一个微信名为独哥的人给我发私信，老兄，我要退出此群，我能加你微信吗？匆匆几句交谈后，我们双双退出。

不日独哥说来看我，我表示欢迎，并没有说定具体时间，只发了位置过去就忙别的事情去了。某个晴日午后，我小饮后躺卧在摇椅上休息，任门外鸟鸣芳树，花叶婆娑，酣然中自有天地，沉沉一梦中似有人语，将我引入太虚之境。良久，朦胧中似有人指点室内陈列的各种砚台茶器。微睁睡眼，几个陌生人影背对着我专心比画着砚台种种。

我就是独哥，来者向我自我介绍，并一一介绍着同行者，文田和地瓜哥是媒体人，卜卉是琵琶演奏家。我一一让座于我特制的青石茶台前泡茶。独哥抱着一方青黑的薄意山水砚过来，展示着该砚的薄意山水工艺与砚石的完美结合，并笑对我说，我想为这方砚台取个名字，你看怎么样？

我笑笑，好呀，取个什么名字？

听湖，怎么样？

诗人的气质，才会有这样的名字，我想。很好，我怎么没有想到呢。我说。

当晚就看到兄弟在朋友圈里晒出砚台的美照，不是在书桌上，而是在茶台上，成为众多精美茶器中的新成员，颇为融洽。

独哥在朋友圈中偶有图片或文字出现，图片精美，文字精简，让读者欢欣，阅者雀跃。我一不小心，也写上几行文字，随行起舞。隐约记得独哥的某条微信下，我题写过以下的句子：

很带劲的文字，很铿锵的节奏，把汉字玩成了玩家的魔方，把风景玩成了一种诉说。其实也没有什么特别，一张刀刻的厚脸，总有点傻傻，厚厚的镜片后眸子有点深，仿佛把人看透，自己也毫无保留。

很快我就在微信后面看到了另一则回复：如果我出书，无论如何也要把人间邂逅不久的挚友"庐山砚人"的文字写进封面。

在我看来，这不过是网络上的文字游戏，说说而已，何况出书，那么神圣的事，离我太远，自然不以为然。

后来不久，我收到从南昌寄来的包裹，打开一看，居然是独哥寄来的散文新作——《一望无》。封面设计素雅，没有任何明显的装饰，简单明了。封底有几段文字在五号字的排列下显得低调，在我看来却光芒闪闪，因为我看到了自己的名字，还特意注明——制砚名家，这让我有些羞愧又有些悸动，老实说，这是我这土得掉渣的名字第一次印在书上，而且是封底。

自此之后，我有了写书的冲动，只是一直没有找到切入点，我们也时有往来，往复之间，常常是"无迎地来，无送地走"。一次我闲坐草堂，正一边俯身品茶，一边仰面朝佛，仿佛之间，有熟悉的身影进入，错愕之余，我们相视而笑，随后一众友人鱼贯而入，都是独哥的朋友，晚上我们相约乡村，引杯夜话，是晚，我补写了以下的句子：

春日午后，胡啸兄一行到访庐山砚人草堂，携西凤酒邀聚于乡村客栈，颇有白衣送酒舞渊明之意！

春雨如绵润若酥，砚堂闲草几行书。

先生午罢东风醉，又见高朋约酒垆。

时间日久，我们几乎成了无话不谈的文友，至于他是谁，我没有去过问，更不会去打听，投缘即可。

2016年底，我闲坐书斋，外面是秋光日影，风飘黄叶，室内铁壶煮水，微烟轻腾。忽想起日前从乡间拍回的几张照片，意欲发个朋友圈，顺便写上几行文字。一连三日都是这样，轻松而自在。后来把三日来的微信连缀成文，冠上一个名字，随即就发给独哥，数十分钟后独哥打来电话，说，爱和，你感动了我。当天晚上，就在央广江西新闻的微信公众号中登载，并换了个标题——《我没有天堂，只有故土》，一时阅者数千。

这对我是个极大的鼓励，很多的朋友给我留言，有勉励，有分享，有同怀往昔，有共看今朝。感觉自己受到某种力量的推动，即兴即写，目之所触，念之所系，便信手拈来，与众分享。一年后，很多朋友劝我出个集子，我笑笑说，不行，太稚嫩了。独哥说，我看可以。

人在向前行进的过程中，尤其是从未经历过的过程，往往缺乏自信，此时一个声音，甚至一个肯定的眼神都是一种力量，让你瞬间得到了支撑，有了坚定下去的信心，何况这声音是来自你最为信任的那个人。

大樸文章

　　我与阿之先生的闲适是从午后开始的，直白点说，下午没有别的事情，还是寻一处幽静之处待待，约一二朋友聊聊侃侃。屈指数来，独在德安的大朴先生是久未谋面，又时时想起念起的人，于是电话一问，方知闲雅之人都有一个通好，忙，可以把手中笔墨放下，聊聊曾经过往、艺术人生；闲，可以伸手重操笔墨，作个锦绣画卷、山水文章。登门不过是半小时车程。车窗一摇，风迎丽日，绿水漾波。我与阿之先生于是有说有笑，甚至唱起了歌来：春风她吻上了我的脸，告诉我现在是春天，虽说是春眠不觉晓，只有那偷懒的人儿才高眠……你今天的心情不错嘛，阿之说。那是，你看，这么好的阳光，这么好的春天，我们是一起追赶着春天的脚步而来的，哈哈哈。我们笑得更加肆无忌惮。

　　按照导航的指引，很快就到了指定地点，大樸堂。大朴先生的一声召唤，让我们一齐抬头望去，一身轻松打扮的大朴先生年轻了很多，气色也特别好。阿之手提肩扛了一捆整张八尺大卷，外加扇子、毛笔等。我则携书与册页，夹在袖手之间，显得有点滑稽。不过，满院的兰花、兰草开始葱郁，渐渐褪去冬日的干涩与枯黄，有的花苞隐隐，若新孕的少妇，青春靓丽，风韵永存。可以想象，待春兰新放，定蜂环蝶逐，满院生香。

室内则是另一番书香墨香。整面墙壁是并排的整张未完成的四尺立画，笔酣墨畅，水墨未干，浓淡枯湿的线条静待青绿赭黄的点染，一副嗷嗷待哺的样子。一张超大的画案上堆满了笔墨纸砚、颜料印章，要么就是未用尽的墨，要么就是未啃尽的书，留给展纸的面积并不大，供扇面册页而已。大画则吸在画壁上，木架梯子随时上下，左右逢源。满满当当的一墙书架大多是画史画论、画册、画卷，大坛小罐的笔筒又是一个接一个。

其实我认识大樸堂主人已有多年，记得第一次相识是在南昌某个艺术协会成立会上，之前就久闻其名，所有关于他的故事与传说集于一身凸现眼前时，却缺少一个适当的启动机缘，除去点头之交外，几乎无话可说，少了应有的互动与交流。我知道，该有的缘分无非是迟早问题，该有的交心无非是深浅问题，该来的机缘总是要来的。后来通过阿之先生的进一步介绍，才弥补了这小小的遗憾。从此一来二往，话题更多了，交往更频了，他的书画是我的所好，我的砚台也成了他的知己。之后的交往多少并不重要，重要的是交心。以物换物，毕竟是粗浅的商人行为，互相欣赏则是成为隔行知音的关键所在。聊艺术其实是精神交流与思想碰撞，理论越高，往往是涉艺越深，理论越明，往往为人也越加通透，活出禅者的意趣，哲人的境界。

这样的通透，往往又是不言自明，无师自通了。归结到书画艺术上来，就是高超的技艺与思想的认识要统一，两手都要硬。有位伟人说，理论与实践，两手都要抓。否则，仅有技艺而没有思想只能算个画匠，只有思想而没有表达的手段最终也是徒然。高手往往是两者兼备，出神入化，不露声色，却大化文章。

比如有人提问什么是"无中生有"，他打了一个贴身比喻，自己平时也喜欢画雪，在白纸上怎么表现雪景，尤其是雪境，前人的做法是，用很多的笔墨线条去突出自己的留白，无一笔是写雪景，所有的笔墨都是在反衬那一线白，正是这种黑白的互衬关系，让无法画出的雪变得处处是雪，所有的有形都是在写无形，有形越具体真实，无形的雪景、雪境就越真实与空灵，"无中"也就生出"有"来。

今天下午大朴先生应约又为我画了一幅水墨山水。他总是那样气定神闲，一边侃侃而谈，一边枯笔蘸墨，点染画卷。先是树干树枝，继而树叶山花，石骨嶙峋，山路蜿蜒，茅舍数间，红墙一角。栅栏一围，分天地于内外，间雅俗于红尘。高士一二，或路遇赏景，或夜话清谈，或吟诗弹曲，或读书仰贤，室内书卷清幽、琴音绕梁，室外高山流水、鸿雁南北。或春夏秋冬、四季换景，或远圣先贤、法古幽思。浓情淡墨，高远深远平远，青山绿水，山岚云雾烟霞，双手是最奇幻的魔术师，时间更是最绝妙的催化剂，眼前的画卷是身边的背景与内心的情境同时平展的成果，惊艳、惊喜与惊羡，画卷的一角留白处，款题：一念起千山万壑，一念灭依然是纸。艺术家是真正的得道高僧，几番变幻之后，又回到了原点。佛法高深啊，禅意满满。

砚界有句话叫大朴不雕，意思是真正的好作品是不用过多的人工干预，甚至是不雕，所有的雕琢交由大朴，即大自然，正如李白说的"清水出芙蓉，天然去雕饰"。大自然是最好的雕刻师，以此来理解大樸堂，也许找到了正途。大樸堂追求一种天地大朴，随性书写，任由天真的自然状态。

大樸堂的画，外师造化，远师古贤，对唐宋元明清诸家均有涉猎，受近人吴黄溥陆等名家的潜移默化。观其画作，仿佛带有天地清气，一股淡然云烟跃然纸上，又不乏传统功力与静思细写。他常说要感谢身边匡山蠡水的云烟供养。多年来，山上山下、山前山后的一石一木、一花一草都让他流连忘返，目不暇接。

若观其书法行迹，则更有意趣，远承王逸少，近习陆俨少，其书风儒雅淳正，笔墨舒畅，隐约间颇近两位习陆的前辈（傅周海、漆伯麟），亦保持着自有的气质与特点，相较而言，或许更具书卷意气。尤其题款上的文字章句，虽信手拈来，或书画理，或书佛偈，或书圣言，或书心得，读之如明人小品，精简隽永，清爽宜人，雅逸横生。随手摘下数则，以飨读者诸君。

世人皆知黄宾虹墨法大备，前无古人，殊不知宾翁非常讲究用笔，积墨成线，质取屋漏痕折钗股，以锥画沙，金刚杵化为绕指柔，一点一画，莫不藏锋内敛，一波三折，合于太极。

用笔已神遇，而迹化超然物外。

王阳明说，心即道，道即天。要想认识天道，就得从自己的心上下功夫，画道亦在自心，明心见性之时，画即合天道。

刘勰在《文心雕龙·神思》中有"神与物游"，庄子的"乘物以游心"，以及孔子的"游于艺"，这是山水画审美意象之本源。

如此种种，四处可见，比比皆是。故求画者，一传十，十传百，圈内圈外，求之若渴。常常是，画不应求，便守株待兔，有的早早就预订，隔一两年交画也是常事。

接下来是喝茶。画室的内间就是茶室，茶室的墙体又是另类的博古架，清一色的茶壶与茶叶罐，排列整齐，琳琅满目。上有养空法师的"大樸堂"三字横幅题匾，这大概是整个室内空间壁挂的唯一他人作品，除此之外，所有壁挂均为主人自作，或素墨雪景，或青绿山水，或四尺条屏，或山水小品，衬映出满室清辉，满台茶香。书卷的清香让兰花有了精神依存，更让主客交流有了思想时空。有人说，室雅何须大，能撑起大室的雅就更少不了满室的书卷与笔墨清供；花香不在多，多花就更能让大区域有了共同分享的清芬。

少昌先生是庐山有名的茶文化学者，一生工作在庐山植物园，天性与庐山生灵万物相生相依，对茶更是嗜好成癖，网名"庐山茶僮"，江湖人称"胡一泡"。如今退休在家，每天一早起来，第一件事就是烧水煮茶，一天到晚，与茶为伴，以茶为寄。更多的时候，仍用双足丈量庐山上下山岭，大小茶园。为了得到一泡好茶,常常是"五岳寻仙不辞远",遍访茶山老农。聊到茶,我平时常自视甚高,以为自己嗜茶懂茶,见他们聊得这么开心与忘他,实在是有些汗颜。大朴先生将一罐罐的收藏绝品抬出来一一品鉴,胡先生闻闻看看,不时只言片语,分个点评,优劣两势,瞬息评判。对兰花的养护也是两位先生的聊资,但并不过瘾,非要到室外兰下,逐一指出正误,方觉解馋。这样的君子之交,让我与阿之先生看得入迷,听得过瘾,也逼仄得无话可插。

回来的路上依然余晖未尽,春风荡漾。我想起李白的句子来,"况阳春召我以烟景,大块假我以文章"。

二〇二二年二月初九

杨哥的色香味及其他

认识杨哥的几年里，没少品尝他的厨艺。机缘却是他与爱人一道从北京来到江西寻梦桃花源，过起山里农家人的日子开始的。屈指算来，已经是第七个年头了。与杨哥相交的过程也是我渐渐接受他的"川味"熏陶的过程。

一道洋葱凉拌苦瓜就妙不可言。焯了水的苦瓜依然保持生脆可口的关键是要把握好时长。有个七分熟就差不多了，太长则熟烂有余而生脆不足。当然，各人口味不同，所求不一，都在时长的控制范围之内。新鲜的洋葱则可直接和拌，不过所用刀法有些讲究，纵横斜出，值得玩味。配以香脆酥松的油炸花生米，佐以花椒、干椒、蒜末、香菜等，热油一浇，滋滋作响，整个餐席便活跃起来。

滚烫的川味火锅，有鱼丸、腊肠、腊排骨，加之线粉、包菜，几乎是一锅炖，但少不了麻辣和花椒，考虑到我们几个对川味的有限接受度，量上有所减少，碟中的调料却是各取所需，我则几乎不用，淡一点好。杯盏交错间，大家已是脱衣掀帽了，尽管室外山风呼啸，月冷霜清。

　　我已记不清有多少次与朋友们这样一起分享餐桌上的精美菜肴的场景，也无数次陶醉其中而不能自拔。菜享多了渐渐接受了麻辣风味，酒喝深了更觉得四川浓香便是人间清醒。

　　几次我都是这样向杨哥请教，如何确保一道菜中的色香味纯正？杨哥淡淡一笑，其实也没什么，只要你用料正宗，川味自然纯正，色香味也都有了。杨哥好用川人别致的汉源花椒。这款花椒是四川人的骄傲，曾以"贡品"供入皇宫。颗粒分明、油脂香郁、色泽丹红，如此醇麻爽口、芳香浓郁的特质，使他几乎再也看不上市面上的其他花椒了。只要一见底，成都的朋友就及时寄过来了。

　　有了麻辣味的花椒相佐，杨哥的川味小菜便可大显身手了。煎个豆腐，麻辣佐之，煮个湖鱼，麻辣佐之，炒个包菜，拍个黄瓜，麻辣佐之，回锅肉，水煮鱼，麻辣佐之，就是一碗清水面，杨哥也要弄的麻味十足，没齿难忘。

　　有了川味的菜，更少不了川味的酒。郎酒、五粮液、泸州老窖，当然是好，只是价高难续。但天性好酒，既是一种习性，也是一种品质。杨哥的原则是，价钱可以降，品质不能降，品牌可以换，口味不可换。于是，找来五粮液酒厂的调酒师朋友，调出最符合自己品性的酒来自我命名，"桃源小酌""逍遥""清欢"应运而生，从品牌的设计到包装，从品质的自我感应到认可，无不独具匠心。或是自饮，或是邀约，或是随手贻赠。了解的朋友多了，批量收藏，也是可以的，有时还供不应求。

真正好酒的人是最懂得珍爱与节制的。杨哥喝酒从不劝酒，每次举杯的时候动作迟缓且优雅，小酌的状态有些陶醉，让人怀疑这不是在品酒，是在品味人生呀。

说到人生，其实我根本就不了解杨哥。一台功放摆在茶席上后，来去匆匆，总是视而不见，当我无意中发现他收藏的几百张黑胶唱片时，才惊叹世界名曲、古典音乐及流行乐坛的音乐文学造诣聚集一处，原来杨哥早就是个超级音乐发烧友。不久前，刀郎"山歌响起的地方"成都演唱会一直牵引着杨哥的视线，要是搁在二十年前，杨哥或许就是台下的热情刀粉。刀郎的回归几乎令所有同龄的四川老乡情绪激动甚至泪眼婆娑。岁月不饶人啊！一句标准的成都话，又把我们拉回到眼前的桃花源。

杨哥的大舅哥也是成都人，像刀郎一样一生爱着自己的音乐，从小一把小提琴游走四方，围绕在他身边的乐手们年龄参差，出身各异，吹拉弹唱，样样齐全。去年冬天，大舅哥带着爱人迎一路风雪，来到桃花源。人未至，行李先到，不同的乐器集在一起，几乎成了个小戏班。川味的餐席摆开，大舅哥的小提琴响起，一曲《梁祝》如泣如诉，将满室的人带进诗话的浪漫世界。乐声如丝如线，牵出百花绽放，蝴蝶纷飞。舒缓处，翩然起舞，长袖回风；激越时，银瓶乍破，飞金溅玉。有人随着乐曲回旋起伏，翩然起舞；有人拿着手机，横拍竖摄；有人举箸不前，待在原地。乐声缭绕，早已越窗穿户，与松风溪声一道，融入大山深处，余音袅袅，不绝如缕。

曾经的少年歌行，逐梦北京上海，如今练成了栽花种竹，对酒当歌。一竿长箫，吟山川日月，半短尺八，奏与流水知音。桃源居经杨哥及其爱人慢慢经营打造，已然成了他们走进自然、融入自然的修身养性之所。来此游观的客人被这里宁静悠远的环境所吸引，一不小心，又成为远近闻名的网红打卡点。但杨哥依然我行我素，不急不慢，游走在山水之间，听鸟说甚，问花笑谁？

更多的时候，杨哥总是引着我们在临溪的木台上或迎风向晚，或把酒凌虚。几年来，我们不知目送过多少次夕阳西下，又迎来多少次旭日东升。正如《剑门和尚语录》说的：

春有百花秋有月，夏有凉风冬有雪。若无闲事挂心头，便是人间好时节。

一段时间以来，很多的朋友问我，最近杨哥在忙些什么，怎么样了？我微微一笑，只告诉他：有一种生活叫杨哥的"桃源小酌"。

第二天一早，杨哥一如既往，麻衣布履，带着"禅定"与"香水"，一前一后，行走在桃花源的山道上，翛然而往，与云同悠。我无法知晓的是，从激烈的上海商战到悠然的桃源山居，究竟路有多长，心有多远？

二〇二四年八月廿四日于抱一轩中

片瓷长生

从认识这位老先生起，就知道他一生守着这些破瓷旧片过日子。从青葱少年到白发苍苍耄耋迟暮颤颤巍巍，一路走来，瓷片在不断地递增、加减，精选细磨，排列组合，收纳归类，把整个居室熬成了一个人的博物馆。一组"文革"瓷的茶杯摆在我们面前，是日用品，也是收藏品，逸出杯盏的轻烟袅娜成缠绻不展的样子，岁月收住了昔日的荣光，却掩不住釉质的华美与精巧，仿如一代旧式的美人。时间可以收走她的青春，却难掩她曾经的芳华。一些杯杯盏盏、盘盘碟碟，堆砌成一座怀旧的古堡，他是这座古堡长河中唯一的守将，也是说一不二的皇帝。

躺在自己亲手构造的世界里休养生息，双目抚过这些大大小小、长长久久的各式瓷片，内心是惬意的、满足的，他享受着来自各个方面的收获与体验，有成就，也有懊恼，有教训，也有经验。起初他带着那个来自南京的大小姐一起玩，他是主动的，她是被动的；后来她是主动的，他成了被动的。他们有了自己的女儿，女儿一出生就在他们共同营造的环境中耳濡目染，云烟供养，渐渐也长成了瓷器一样精美的人。

我曾经问过老先生，您一生最为自豪的事是什么？先生说，谈不上自豪，但我喜欢在自己的世界里优游卒岁，我很满足。如果可以，将来举办一次个人的瓷片精品展，有很多的朋友一起来玩，我看到自己收藏的瓷片这么精美，这么丰富，我一定很高兴。等将来我玩不动了，守不了了，我就全部捐给政府，捐给社会，一件不留。他的嘴角微微翘起，眼角似有泪光。

张口闭口喜欢说个"玩"字，玩瓷器，玩书画，玩收藏，如今又玩起了小瓷片，不知不觉就这样玩了一辈子，在业界都成了一个不朽的传奇。他收藏的瓷片足有几大屋子，把唐宋元明清汇聚成堆，又摊开来看，汪洋恣肆，蔚为大观。大概他的生命是用来玩的，把历代帝王的爱好喜乐，工匠的手艺绝技，文士的情怀孤诣，都浓缩在一片片瓷器的墨点千层、丹青云雨里。天地的万物生成一瞬，四季的花开凝成永恒。花鸟树木，山水田园，高山流水，名士乡贤，梨花院落溶溶月，柳絮池塘淡淡风。

记得很多年前老先生随浔城几个玩家到访砚人草堂，一见面就围绕着台子上的砚台摩挲不已，一种老友久违的感觉更显真诚，临走时不仅买砚，还送我一个赖德全的指绘瓷盘，盘中的牡丹雍容华贵且鲜丽芬芳。他离开时不断地嘱咐我，有空上他家喝茶。那些年月我没少跟他的朋友们一起跑景德镇及那些瓷店瓷厂。

几天前参加九江市茶叶协会的活动，趁酒后之隙我与少昌兄一起从宾馆步行而往，又一次拜访了老先生，我已记不清这是第几次拜访了。少昌兄比我熟，由他引路，我只需尾随即可。整个室内有点静穆，陈设布局也极为简单朴拙，墙上分别挂着崔廷瑶、冷望高、宋跃林等名家早年赠送的书画作品，纸张有些枯黄。少昌兄从瓷瓮中取出未经装裱的字画，我凑过去看，山石几点，荒草数丛，一僧杖藜，伫然而立，款题：和堂空一写。室内唯一凸显生机的是矮柜上的一盘水仙花，花期未至，葱郁正勃，一直对视着红木框架支起的黑白照片，尽管岁时已晚，仍难掩眉目的清丽与古莲的芬芳。

出门时，我一直想着张岱的那句话：此老深情也。

二〇二三年十二月

为兄掌灯

透过飞动的窗外风景，我能深切感受到的是，深秋的江南木叶苍翠，山色微暝，空气中仿佛飘荡着不散的阴霾，亦如我低沉的心绪。今天一早，接到家人的电话，堂兄友长先生走了，走得低调且卑微。

几个月前，我们还在一起聊天，聊喝酒，聊曾经少年时生产队里出工栽禾、耘禾、搭谷，聊村里的中心工作、乡里的工作队、计划生育、征粮征地、上山砍柴、下畈作圩、抗洪抢险、走访困难户、夜叩钉子户。聊着聊着，我突然笑着说，当年战天斗地搞好的农田基本建设，为何现在都大多荒废弃而不用呀？一句话问得兄长一脸茫然，看着我，叹了口气，说，此一时彼一时呀！然后很长时间沉默不语。

友长兄从小就家境贫寒，完全是靠自己扎实努力工作，才一步一步从生产小队到村大队，二十五岁就当上大队书记，成为当时最年轻的大队书记。后一直辗转在乡镇企业和乡镇机关工作，一年年下来，既在执行上级政策时能灵活多变，又能不折不扣执行，深入人心，奇怪的是田里的农家活儿也不耽搁，是最接地气的乡村干部。

孝成大伯是苦了一辈子的人，等到我长成懂事的时候，他已成了一个佝偻老人，每天都蜷缩在家门口，冬天一炉无焰的火，夏天一把老蒲的扇，一杯浓茶比酱油还黑。他总是咳嗽不断，几乎喘不过气来，见我来时，抬眼看着我就问，你爸爸在家吗？话说得又慢又喘。年轻时患下的老毛病怎么治也治不好，自制的中药吃了不少，当地名医程昭寰的医术在他这个老病号面前一点也不见效。五个儿子属友字辈，按"福禄长春红"排列，最小的儿子友红，小名叫水森，也与我同岁，怎么把他们拉扯大的我一点也不知道。金嫂子后来告诉我，长哥结婚时还是借人家一条长裤，当天晚上人家就上门讨了回去，结果是穿着短裤完婚的。

长哥当村支书的时候我正好读初中，经常参加生产小队的劳动，那时候小队的劳动不叫劳动，叫出工，工分是集体评定的，根据能力与表现，满劳力属十分工，妇女一般折半，最高五分，我第一年出工只拿到二分，每年年底或年初都有递增，也是需要集体评定。一到晚上，辛苦了一天的村人吃过晚饭，洗漱完了，又慢悠悠地走到村大队，集中开始记工。看看各家人都到齐了，队长披着个褂子也来了，就开始评工，记工员也是队里公认的后生，一般由队长选定。记工员叫到谁，谁就回应一声，一天按早上二分、上午四分、下午四分统计，回答到一天，记工员就记十分。如果耽误了或迟到早退就要扣分，扣多扣少，队长说了算，这时候很能体现权力与威望，而且经验老到的队长总要慢条斯理，站在人群中间，大家围拢瞧过去，仿佛在看一台戏，庄严且肃穆。队长的话言之凿凿、理所当然、一言九鼎、毋庸置疑。大队的黄书记此时从外村赶来，进入会场，人们才一齐转过头去，重新聚焦到黄书记的头上。工记完了，黄书记开始讲话，中央又有新的政策出来，抓好生产促发展，多快好省地建设社会主义。科学种田，农技人员明天就要下到我们村来，传授农业技术，土肥水种，密保管工，按照要求，传达到每家每户。最后队长补充一句，明天谁要是不按要求，别怪我扣你工分。语言短促且有力，掷地有声。散会。于是，大家一哄而散。

后来，当年东升大队成了全公社农业先进大队，横塘公社成了全县的先进公社，星子县后来也成了全国农业先进县，一时风光无限。东升大队的黄书记光荣当选江西省人大代表。

在我的眼睛里，与报纸上其他大寨、大队的领头人相比，年轻活力的黄书记似乎总缺少点什么，或是一块白头巾，或是满脸纵横的沟壑。其实当年他穿着什么、如何装束我没有什么印象，但他脚下新着的一双解放鞋让我印象深刻。一天，黄书记参加省人大代表会回来，手里提着的网兜行囊中，一双崭新的解放鞋若隐若现，吸引了我，也吸引着不少村人的目光。

说到解放鞋，大概是那个时代的标配，也是最为奢华的存在。黄书记对解放鞋也许太情有独钟，年轻时求而不得，因此对这次会务上的奖励就更视若珍宝。平时总也舍不得穿，纵偶有穿着，下地干活时也要脱下，整整齐齐摆在田埂的一角，赤着双脚，义无反顾。几十年过去了，他还是一双解放鞋进进出出，不变其色，不改其貌。说来好笑，过去我也是那样欣羡着的解放鞋，现在看来多少有些别扭。那天我又一次看他穿着解放鞋时心里还是不免一惊。久违了，有点古董的解放鞋。当然，我内心深处这点小小的情绪变化，我是不会让他看出来的。

人是时间的杰作，也是时代的产物，每一个人都不会离开其所处的时代而独立存在。友长兄是他那个时代农村中的代表性人物，浑身上下都充斥着时代的特殊烙印。眼看着他们已渐入人生的深秋，亦如时下深秋中的落叶，纷纷飞坠，我的内心有些悲凉，不无感慨。他们是上级政策的坚定执行者，农业农村工作的领头羊，也是他们人生的高光时刻，在这一点上，他们是属于那个时代的英雄。英雄是永远活在人们心中的。之后的几十年中，他们依然保持着当年的本色，看着村里不断新生的力量和事物，他们有些力不从心，步履蹒跚。

接到家人的电话，令我一时凝滞，很久都缓不过神来。或是震惊，或是哀叹，脑海中翻闪着兄弟间的无数过往。在村子里，随着他们这代人的离去，那个时代的影像与声色便慢慢成为一道黑白的记忆。他们是属于那个时代的，纯朴善良、大公无私、助人为乐、不计得失，把向雷锋学习的精神贯穿到自己的骨子里，把时刻关心老百姓的饥荒冷暖成为自己的生活习惯。

夜深了，我独坐在异地的孤灯下，打开手机，口拈一联，聊作长明灯一盏，为兄送行，算是遥奠友长兄和他所处时代的奋斗者们以无尽的哀思：

穷且益坚品正行端存孝友，

俭以养德扶危济困共深长。

二○二三年九月十二日

一片叶子下生活

　　我常常想起这样一个场景，看一片叶子在玻璃杯中曼妙翻转，静静地升腾或落下，看清亮的水慢慢变橙、变黄或转绿，潜移默化中转变着水的色彩，看轻烟袅袅，云雾朦胧，如果不用急的话，你会欣赏到世界的奇幻与生命的精妙。

　　早莺在不远处啼叫，不知是呼唤昨夜的同类，还是欢呼今晨的惊现。蚂蚁爬行在潮润的土地上，脚下沾有细碎的春泥，或是发现了新的目标。蚯蚓也伸展着柔软的躯体，吐出带有泥息的气孔，多少年的老茶树在厚黑的枝柯上吐出一芽青青的嫩绿，处于还谈不上叫叶子的阶段，两只小手轻拨着带有老干的旧叶厚枝，察看春的信息。

　　有人说，春天是从一片叶子的萌动开始的，人生是从另一片叶子的揉搓开始的。叶子的绿意是春天的信使，将大地储存了一冬的积寒释放开来，以芽的姿态探寻着整个春天。露水被夜的黑暗浸染得更加珠圆玉润，晶莹剔透，在晨光的映射下，光怪陆离，五颜十色。

　　我第一次走进这片茶园，惊诧于这山环水抱的山地气势。

眼前是逐级缓坡的梯度茶林，排列成序，横列成行。四周环抱的山势下水流款款，鱼跃鸢飞。背景是庐山的山林碧翠与忽明忽暗的幽深云霓，日出时是连绵不绝的层峦叠嶂，山峰矗峙，雨雪时是烟雾笼罩下的一挽轻纱，神隐仙飘。

据说，如今经营着茶园的两人最早来到这里时，发现周遭一片焦黑，可能是当地的村民上坟时一不小心，引起了山火，幸好村子里的村民发现得早，行动也快，不等上级防火部门赶到，山火就扑灭了。可过火面积已是整个山头，最少估计也有四五十亩。看着满是焦黑的过火之处，一个人说，这么好的地方，为什么没种茶树？另一个人说，或许今天的过火，就是山神为我们辟出空地来种茶的。一句话让彼此哈哈大笑，笑声在山谷中传播，山鸣谷应，回音不绝。

十几年下来，从五十亩到五百亩，再到两千亩，排行有序的绿梯茶园，已长成势。远远望去，几乎成了一片绿海，蜜蜂蝴蝶穿梭其间，为它们传信，与满山纵横的群山背景相连，天云一色，雾霭烟岚。受庐山山水云烟的供养，这个原叫破山的地方如今已经是花繁果硕，树茂鸟喧。横亘在山水之间的那座水库也因这几年的开发而同步整修，如今亦是柏油路连村绕郭，水笑鱼欢。

政府的茶博会在这里召开，远近中小学校的学生们到这里来研学，一些大中专学院也拿这里作为教学实验基地，很多的茶人朋友也来到这里休憩交流。我第一次来到这里是在一个下午，大家都聚集在临路的木构茶室里有说有笑，九江茶叶协会的茶友们分别展开各自的泡台，背景墙上横列着"可以歇歇"的横幅，几杯清亮如玉的茶汤下肚，微微泛出的沁汗又被晚照的山风拂散，随风拂起的还有凉亭四周三面的纱幔与壶盏之间升腾的轻烟，氛围、色彩、温度与湿度共同烘托出山间夜色的浪漫氛围。山间的露营点星罗棋布，遮阳伞与烧烤架下人语喧嚣，与夜色中的茶香同时来临的还有山村野地的菜香与酒香。如果不能亲临现场一品以茶制成的茶酒的话，千万别说你抱有某种遗憾。怕就怕，一憾未平又生一憾。

　　说到茶酒，就不能不说说庐山的酿酒历史。庐山自古以来，就有以糯米为主、山泉为辅的酿酒传统。村民每于农闲腊尽之际，酿制村酒，以清香甘洌为主要特质的庐山糯米酒已流传千年。东山糯米酒远近闻名，所制茶酒却是茶人师傅不舍得将筛选后的茶余细末浪费，在糯米发酵几天后加入茶末，封缸继续发酵，时间日久，果然清洌甘爽，不仅有酒的醇厚劲利，更添茶的回味甘醇，初饮得醇郁之滋，继则得畅爽之味，色如琥珀，艳若流霞，佐以山中野蔬，河中水鲜，对一山明月，受四下清风，三五好友，诵明月之诗，歌窈窕之章，自是山中宰相，世上神仙。

　　茶生雅逸，酒敬茶神。玩茶就要有茶神。俊民说，我们玩了这么多年的茶叶茶会，没听说过茶神啊。胡一泡笑了笑，慢慢地说，中国人敬仰神，各行各业都有自己的神，茶业也应该有自己的茶神。唐人陆鸿渐一生游走天下，品茶无数，后静居湖州顾渚山，与诗僧皎然唱和，撰有《茶经》一卷，为世人敬仰，足可称神。庐山地处东南，交通便捷，陆鸿渐多次往返流连于此，感怀庐山山水，品定庐山谷帘泉为天下第一泉，可谓为庐山一代神的存在！庐山历来茶业兴旺，为江南重要商埠。庐山云雾茶香飘万里，美名远扬。

作家刘亮程说："如果我们要求不高，一片叶子下安置一生的日子。花粉佐餐，露水茶饮，左邻一只叫花姑娘的甲壳虫，右邻两只忙忙碌碌的褐黄蚂蚁。"如今，他们与所有茶人一样，朝迎晨雾，夕送晚霞，守着一片茶叶，与大自然同频共振，休养生息，乐在其中。

二〇二三年三月十二日于庐山东麓如如茶社

晚归

散步回来的路上，一溜儿排开的是附近农人摆摊售卖的时蔬，沿着这条路走就是农贸市场，可他们就守候在这一条路的入口处，城管是禁止在此要道口摆摊设点的，无数次的劝退和驱赶，他们就无数零一次地守候在这儿，嘴里还不时吆喝一声，新鲜的菜哦，刚从自家地里摘来的。

这大热天我几乎不愿出门，只有到了傍晚时分才拖踏着拖鞋，穿个短裤，拿着手机，慢悠悠地走近他们，然后顺着排列的方向，从上到下，再从下至上，一家一家地看看瞧瞧，来回几遍后，询问着价格的高低，比较着菜色的鲜旧。不时向他们请教一些半加工的时蔬，比如腌菜的制作方法与程序，豆腐乳与辣椒酱的配置比例与口感轻重等，好像一个谦虚谨慎的小学生，又像一个探秘求诀的小学徒，总之在考验着他们的耐心与技能。当然是趁他们并不忙活，闲得无聊时进行的，问话也曲中带趣，熟中就巧，于我而言，仅是一知半解，似懂非懂，而他们，又大多数是农村的老太太，也不厌其烦，有说有笑。我喜欢每一筐时蔬的新鲜与整齐，尤其喜欢刚从地里摘来还带有泥土气息的芬芳。我不好意思说出我的内心想法，外表依然淡淡地看，细细地问。偶尔有个农妇，不时拐弯抹角也要说出我是谁家的亲戚或熟人，说得似是而非，这一番套近乎过后再不买她的菜就真不好意思了。豆角有生虫的呀！我说。是有一点，没有打药，卫生健康。她说。明明是生了虫的菜，她这样解释，似乎变成了健康食品，还觉得很有道理。择菜的时候，掐去虫咬的部分，其余清水一洗，用食盐浸泡十分钟，趁清油红炽，少盐烹炸，椒丝微炒后，将浸泡好的豆角滤水下锅，一阵翻炒后，加少许豆豉、生抽、老抽，加清水稍煮一两分钟，收汁，起锅装盘，青色不减，脆嫩合度，配上红薯稀饭，就一个菜，也能吃上两大碗。偏偏有个山里朋友送我一罐四川特产豆腐乳，吃上大半年也不改其味，不变其辣，津津乐道，是每餐最好的佐菜。

我这人有点奇怪，从小到大都喜欢一边吃饭，一边看书，似乎两者总能相辅相成，为此，小的时候没少挨过大人们的数落。但也许大人认为读书没有什么不好，还盼望着将来能吃口书上的饭，也就放任自流，使我最终成了这副模样了。当然，后来我也从书中找了不少依据，为自己开脱，且有理有据。最有名的当数"汉书下酒"一节，让人击掌。今夕的"汉书"却是一本《散原精舍诗别集》，老先生的每一句诗都值得玩味，一口菜、一口粥、一句诗，如果没有旁人打扰，吃多久没人反对，吃多少更无需商量。读书有时是需要氛围的，书中的诗境往往寻求生活中的对应，这种对应度越高，入境就能越深，忘乎处便是手舞足蹈，吟声不绝。古人吟诗，多为唱诗，抑扬顿挫间，更能引人入境，陶醉其间。叶嘉莹先生是个诗痴，每有吟咏处便拖长着调子，似吟非吟，似唱非唱，那份陶醉的样子仿佛就在身边。我的好友田立云先生喜欢自我吟唱，其陶然处摇头晃脑，手舞足蹈，颇具古风。很多人受他的影响，吟诵时拉长调门，一咏三叹：

> 侠骨禅心隐市廛，吐吞海气自年年。
>
> 解推风谊孤呻底，浩荡天机万象前。
>
> 辟世有园依老秃，移情嗜古脱腥膻。
>
> 单车来去飞花径，定聚儿童唤散仙。

我吟唱这首诗时，正值夕阳西下，红霞满天。高声得其气势，低吟得其韵味，吟诵之间，仿佛与古人融为一体。随着夕阳落尽，红霞散开，眼前一队队羊群与老农归来，几条黄犬前后跟着，不时发出犬吠零音，蝉鸣空林，暮云四合，月牙新起，一个人的院落虫声唧唧，如助余之岑寂！

二〇二二年七月初七

尤侗《说酒》

尤侗是明末清初的诗人、戏曲家，《西堂全集》是他的代表作。其中一短篇《说酒》，颇觉有趣，拿来玩味。

其述"文章草可酿酒，予击节赏其言。因思酿亦有方，砚田以耕之，墨池以溉之，笔花以落之，书仓以贮之，此真麴秀才风味矣"。这样一来，每个文字都成了酒酿水浸，无论是手中的笔，案上的砚，池中的墨，架上的书，都成了酿酒盛酒的器具。说到底，文人作文，亦如酒师酿酒，储之越久，酿之越醇。因此，作文需要以酒佐餐，似在情理之中。这是一种什么样的感觉，我没有体验过，但多少有点向往与好奇。至今我的体验是，酒后思茶是事实，如果再高点的话，要么吹牛无度，要么"躺平"无为。

大概尤侗的酒劲并未上来，故还是一步一趋，生怕文字中的酸气太重，"则又投以名花，杂以异香，和以胭脂黛粉，液为琼玉，滴为珍珠，乃使文君当垆，太真捧盏，呼刘伶、李白诸子拍浮其中，取天地山河，日月云雨，草木禽虫诸类作下酒物"。实在是想象万千，历数尽美，叹为观止。

我从小就受东山糯米酒的熏染，该酒以当地的糯米为主要原料，浸以山泉，有清冽甘醇，后劲力足的特点，有时浸以杨梅枸杞，色呈橙黄，久而转褐，饮之有回甘味永之效。村醪多烈，尤其是劳作一天后的农人看着鸡鸭回笼，牛畜归栏，晚风如拂，炊烟袅袅，在夕阳残晖下，着一二粗粝蔬盘，置于院中，小方桌上杯盏各一，橙黄色的酒液映着晚霞，感觉颇为心动。但看着大人们饮酒攒眉，一副苦不堪言的样子，让我又是揪心，又是担忧，说不清是好是坏，是苦是甜。

但尤侗说的以名花异卉、琼玉珍珠入酒却没有见过，更没有玩过，文君当垆、太真捧盏更是无法想象的奢望。有时我想，古代文人作文，真有这么无奈么，需要借助酒力才得以坚持下来。据说当年蒲松龄写《聊斋志异》时常常是借鬼怪妖魔，诉说心中委曲。故心中越苦，诉之越真，越是无法实现的梦，越加在文字中灿烂夺目，火树银花。写着写着，仿佛每个文字都成了美酒佳人，他们也就更加心安理得地在自己编造的梦中得以沉溺与满足。

可惜我福薄缘浅，不能亲历体验古人的奇幻想象，更无法感动天地，不然，亦为"击节赏言"了。这样说来，好像自己永远是个置之度外的人，一副与己无关的样子，及至这几年为文下来，心中似有隐约，具体是什么，一时半会又说不清，最后也只能是，"泛此忘忧物，远我遗世情"了。

尤侗是个酒狂，与朋友交往，必推杯换盏，豪气纵横。当他读到辛稼轩有止酒词，颇不以为然，非要写词进行反辩，申诉自己对酒的依恋与忠诚，不忍这么轻轻松松地就将“醴泉郡侯”辞去。请看他的《沁园春·反止酒》，并序：

辛稼轩有止酒词，然吾辈酒狂也，又当此时此中，雅宜此君，岂忍囚酒星于天狱，焚醉月于秦坑哉。

陆酹前来，枚卜功臣，众口交推。彼从事齐州，清为圣德，督邮高县，浊亦贤才。尧舜千钟，仲尼百斛，子路宁辞。十榼陪。髡一石，更先生五斗，学士三杯。

尝闻上顿长斋。即乘马骑驴事尽佳。况卓家少妇，为君涤器，杨家妃子，为我持罍。山带兰陵，水连桑落，曲部分茅议允谐。咨汝酹，俾侯醴泉郡，曰往钦哉。

自己不但不肯戒酒，时常是借酒浇愁，一吐胸中块垒。酒酣耳热处，起舞狂歌，拍手称快。其豪宕处，与稼轩的“醉里挑灯看剑”何异？以现在的标准，也许有人认为不够持重，少了文人应有的庄重与矜持。我倒觉得这正是文人雅士的可贵可爱之处。请看他的《水调歌头·醉歌》：

左手把杯酒，右手握刀镮。快哉吾欲浮白，醉即舞双丸。读罢一编遗史，断尽千秋公案。怒发每冲冠，椎铁击秦政，挝鼓骂曹瞒。

而今事，增一笑，总般般。人情大抵难测、翻覆似波澜。休问英雄竖子，富贵合输公等，已矣复何言。仰视四天白，长啸倚栏杆。

这样的文豪之士，这样的豪纵之情，内心又怎一个"酒"字了得。"不恨古人吾不见，恨古人不见吾狂耳。知我者，二三子。"读这样的文字，多少能体会出古代文人的真性情与诸多无奈。我的这则短文也算作邀友函，不仅刘伶、李白，就是稼轩、尤侗，及渊明先生、东坡学士与众诗家文友，卓家少妇，杨家妃子，齐会砚人草堂，当村醪数盏，对月迎风，以慰诗怀。

二〇二二年二月十一日

附录 诗词拾羽

万松林亭中小坐

昨日漫游山径，偶至香山路孔祥熙墅外，徘徊，于亭中小坐，得颔联而返。次日得闲，续成一律，以为一叹耳。

松林聚雅渺难寻，步蹑青冥若有音。

放眼丛峦穿碧障，任闻薄霭送涛吟。

谁拈晋字留诗久，我料匡山寓意沉。

世事苍茫惊日暮，百年云合已周深。

读伟柱兄工作手札《方竹苑》

吴伟柱先生曾在抚州、南昌等地工作，故有"东乡月""南浦毫"之句。

灯敲棋子数征劳，一卷札书欺二毛。

学有虚实修复养，竹当高下节为操。

风尘历历东乡月，雨浥殷殷南浦毫。

莫厌岁时归向晚，童孙膝绕醉村醪。

壬寅春日同家人湖边野趣遇雨

野水桥边树簇烟，携家带口溯山泉。

鱼虾献币买春雨，杨柳垂纶系钓船。

午罢茗清兼草馥，倦由童稚对鸥眠。

荆妻相顾三缄口，不解雨中独看天。

六十初度

六十年世态沧桑，心篋杂芜，于今始觉轻装是简，放下归真。

岁开花甲月还春，芳草披云树碧茵。

笔走龙蛇驹走隙，砚磨日月墨磨人。

诗怀山径篱边菊，思渴村醪野味莼。

世海沧波犹一觉，晚晴归照是葛巾。

二〇二二年四月三日

致谢毛公燕忠先生书寄牡丹荷花二图

鸿飞尺素起云端，笔写豪情墨自澜。

春色洞庭天地碧，诗声吴楚往来宽。

志兼雅逸同鸥鹤，人带雍容画牡丹。

尊酒花前先一笑，为君邀上夕阳栏。

赠冀客

冀客来庐，因走白鹿书院桃花源诸景，席间甄树清梁子敬先生叙燕赵诸胜邀约并索书，桃花源主蜀人杨小伟先生分享山居理念留客，往来之间有欣羡，憩后即兴见寄。

溪上层云响午车，烟岚村半雨当家。

好风带剪梳长柳，高水携琴问落花。

冀客争传燕赵胜，蜀人分解陆陶奢。

羞将一卷闲庭赋，寄与诸贤别后茶。

二〇二三年三月二十日

戏题一律赠少昌兄

"庐山茶僮"胡少昌先生一生雅好庐山文化,编著等身,善交朋友,亦好茶酒,江湖人称"胡一泡"。退休后有居家小院,花繁如海,花香如醉,不失为人间仙境。

小院新凉初夏心,斋称可以主幽深。

藤牵诗蔓花牵客,室有清茗树有阴。

宦海非关五斗计,居家犹恋一瓯斟。

莫名不记昨宵道,失笑无端酒上襟。

二〇二三年六月十四日

山中过雨寄诸友

云掩花重涧树空,溪声辽旷有无中。

忽惊翡翠垂檐雨,卧听鹧鸪振叶风。

带月先开岩后镜,飞泉随到尊前虹。

天青雨过成新色,一枕羲皇两处同。

登八境台

夜入赣州，晨起小跑至郁孤台、八境台，往寻辛稼轩、苏东坡旧迹。赣水北去，极目纵情，畅然一往耳。据悉，八境台始建于北宋嘉祐年间，因郡守孔宗瀚建台于章、贡二江交汇处，绘八图与苏东坡索诗，东坡以图赋诗八首并序，故名。

> 茫茫岸屿起高台，两水中分一鉴开。
>
> 川树传声风带翼，远山共色翠为堆。
>
> 空寻旧迹成新憾，来仰仙踪愧陋才。
>
> 此别虔州苏子过，他年何处又逢来。

二〇二三年七月二十五日

访非常道国医堂

同学易希宁先生生于中医世家，早年在南昌、北京、上海等地求学行医，退休后回居桑梓，开国医堂于鄱阳湖畔，悬壶济世，余情不尽。为其医术、学养、人品所叹。

> 信是东南药草香，扁公悬济近湖旁。
>
> 秋山苏埂云堆雪，柳岸扶风叶正黄。
>
> 仁术苍生除久痼，医开橘井却乡殇。
>
> 余情不尽杏林意，赋得归心向晚阳。

二〇二三年八月二十二日

白鹿洞书院汲泉

白鹿洞前一水长流，古木森然，旁有山泉若干，源源如涌，相传唐宋学人多用此泉开智，人才辈出，传为佳话。时人常汲此泉，煮水烹茗，其有亭者，寂然道隅，为予时常光顾之地。今偶临长流，游人戏于溪中，若有所顾，乃赋。

一涧长流绕宋唐，文成星汉彦成行。

蝉鸣诵识繁经卷，树灿屏开列宿章。

倦客时来岩下醉，游人不到夏日长。

汲泉堪溯当年盛，细展黄庭五柳旁。

二〇二三年八月二十四日

夜宿芙蓉镇

秋尽冬临何处还，初橙黄叶听潺湲。

屉声眠雨霓灯乱，山雾缭窗旧日闲。

独立酒楼经世往，长歌古寨却乡关。

芙蓉国里芙蓉镇，尽是游人去复间。

二〇二三年十一月十二日

落花

清明数日午后，百花已尽，见归宗樱花园繁花委地，堆金积玉，不忍踏覆。坐而有茶，感而赋。

山林如染醉如风，吹展繁华一地金。

柳岸传莺积锦厚，桃源逐蜜已春深。

淡浓着雾充茶事，清浅流泉涤客心。

坐看芳菲终过往，且将青绿感森森。

二○二四年四月八日

游白鹭洲书院即兴

吉安白鹭洲书院在吉安市赣江白鹭洲中，为南宋吉州知军江万里（九江都昌人）守庐陵时所创，几经兴废，其学风历千年而愈盛，为古代江西四大书院之一，文天祥、罗洪先等皆出于此。院学棂星榜上群星璀璨，日耀中华。如今树高林茂，蝉鸣半夏，仿如当年书声。

白鹭洲头立，江风响午天。

为学源似水，入耳朗如蝉。

满院凌云树，回廊筹笔篇。

千年万里路，承展自先贤。

后记

　　不知是从什么时候开始，我是那样想成为一个诗人。行吟泽畔，渔歌互答，举杯邀月，仗剑天涯。或像杜甫那样"感时花溅泪，恨别鸟惊心"也好。可命运与愿望总是两条完全不同的路，走着走着，我却成了一个毫无建树的基层公务员。十几年下来，回头看，才发现自己成了一个废人，什么事也做不了，只剩一个还能行走的躯壳。

　　幸好工作之余还有看书写字的习惯，它不仅默默陪伴我一路前行，排解着生命旅途中的孤独与寂寞，也为我前行的道路上留有一点点梦想，梦想中有诗人做伴，还有书法养眼。读书最大的好处是静寂时可以与古今中外的智者隔空对话，远涉唐诗宋词，近交天南地北，以文字会友，与圣哲先贤交流。临近退居二线的时候，我带上一本梭罗的《瓦尔登湖》住进山里，观云观雾观落照，听风听雨听山泉，随手记下的文字便成了我的第一本散文集《半山听雨》。

　　在这一基础之上，我更喜欢与历史上的文化名人交流，无论是他们的诗词歌赋，还是他们的鸿篇大制，读着读着像庄子一样，忘记了是庄子变成了蝴蝶，还是蝴蝶变成了庄子。更多的时候我喜欢接过前人的笔墨，续写一段属于自己的篇章。也许是前人感动了我，也许是我成了另一个前人，不同的场合与情境，一样的心事与情怀。写着写着，我为苏东坡兼怀子由而写信，我为白居易雪夜独饮时邀友对酌，我为白蕉精致的书法线条透析出的晋人风骨而欢欣雀跃，我亦为大观楼长联的布衣作者宏阔的胸襟而肃然起敬。于是便有了《晤雪江州》这样的文字与前人隔空遥感的对话。

如今，我会放下所有的包袱，重新打点行装，迈开步子走向远方，去寻求更多的山水，更大的江河，带着从小到大的梦想，带着内心依然存在的愿望，去发现山水，去路遇高人，去书写感慨，去做自己一直想做而未做的一切。为不虚此行去试一场，去爱所有的人，去给每一条河流取一个温暖的名字。面朝大海，春暖花开。

我曾在 2022 年底与朋友一起登上了黄鹤楼，面对滔滔江水与车水马龙，不禁遥想当年崔颢题诗壁上的情境；我曾在寒凛的冬末独自来到南国丽江，去感受冬日暖阳的温煦与浪漫，雪山的流泉穿过大街小巷，也世世代代滋润着山城里的每一个子民，如今来自世界各地的游客与淘梦人又重新装点着这里的山川，共同繁衍出新的生机与生态；我也曾选择一年中最好的季节与心情，去西安的古城墙上以尚健的脚步丈量着一大段中华的历史与文脉，去感受大唐诗人们淘梦时的得意与彷徨，我与他们一起，同呼吸，共感受，以文字的形式吐纳、交流、对酌。

    我要感谢生我养我的这片土地，既有丰富的山川形胜供我游历，又有数千年的文史哲学供我阅览，更多的时候，是那些形形色色的人情世故濡养我的情感世界。我特别庆幸的是我的家乡——庐山的山水与历史文化，哪怕是一草一木、一虫一鸟、一树一石，都让我匍匐在她的足下。庐山是我永远也书写不完的主题，别墅、小院、河流、云霓、人物、景境，怎么书写也不为过，怎么诉说也难尽情。生于斯，长于斯，最后还要长眠于斯，枕一川溪流山鸣谷应，听日夜涛声催眠安魂，这片土地上有太多的情感如泣如诉，有太多的故事演绎风流。

    我更要感谢这个时代，给我以信息与网络，让我在隔空、跨时代的交往中毫无阻隔，我可以随时随地记下我与他们的故事与对话，哪怕是一瞬的意念，闪烁的火花。

    如今，我重又打点好行装，准备重新出发。我希望，眼前的这本《行迹山川》仅仅是个开头。

袁凤和

2024年3月28日于庐山抱一斋